NHKオトナヘノベル

仮面シンドローム

NHK「オトナヘノベル」制作班 編

金の星社

NHKオトナヘノベル

仮面シンドローム

本書は、NHK Eテレの番組「オトナヘノベル」で放送されたドラマのもとになった小説を、再編集したものです。

番組では、おもに十代の若者が悩んだり困ったり、不安に思ったりすることをテーマとして取り上げ、それに答えるような展開のドラマを制作していました。人が何かに悩んだとき、それを親にも友だちにも、また学校の先生にも相談しにくいことがあります。そんな悩み事を取り上げて一緒に考え、解決にみちびく手がかりを見つけだそうとするのが「オトナヘノベル」です。

取り上げるテーマは、男女の恋愛や友人関係、家族の問題、ネット上のトラブルなどさまざまです。この本では、**「見栄」「キャラクターの使い分け」**などをテーマとした作品を集めました。いずれもNHKに寄せられた体験談や、取材で集めた十代の声がもとになっているので、視聴者のリアルな体験が反映されています。

もくじ

著者紹介

長江 優子（ながえ ゆうこ）

東京都生まれ。武蔵野美術大学卒業。構成作家、児童文学作家。『タイドプール』で第47回講談社児童文学新人賞佳作を受賞。ほかに『ハンナの記憶 I may forgive you』『木曜日は曲がりくねった先にある』『ハングリーゴーストとぼくらの夏』『百年後、ぼくらはここにいないけど』（いずれも講談社）などの著書がある。

陣崎 草子（じんさき そうこ）

大阪府生まれ。大阪教育大学芸術専攻美術科卒業。絵本、児童文学、短歌の作家。『草の上で愛を』で第50回講談社児童文学新人賞佳作を受賞。長編作に『片目の青』（講談社）、『桜の子』（文研出版）、絵本作品に『おむかえワニさん』（文溪堂）、歌集に『春戦争』（書肆侃侃房）など、著書多数。

かっこつけて大失敗

見栄っぱりなボクらに愛を

長江優子

1 最悪のバレンタインデー【森若菜の場合】

バレンタインデーの日、駅構内のショッピングアーケードはさまざまなトーンのピンク色で染まっていた。地下鉄の改札口を出てきた乗客が、店員たちの声に誘われて特設店舗のほうに流れていく。どこもチョコレートを買い求める女性客でいっぱいだ。

その光景を、学校帰りの森若菜は冷めた目で見つめていた。

「そういえば、日本のバレンタインデーってこんな感じだったなぁ。アメリカの二月十四日はこんなんじゃなかった」

小さな手さげ袋を両手いっぱいにかかえたOLが、若菜の目の前を通りすぎていく。

「日本人って、本当にイベント好きだよね。やりすぎなんだよ、まったく」

周囲の浮き足立った雰囲気に乗っかれないのは、だれのせいでもない。若菜自身のせいだった。学校でつまらない見栄をはったばかりに、にっちもさっちもいかない状況におちいってしまった。

若菜はスクールバッグの持ち手を右手でぎゅっとつかんだ。すると、手と足の神経がつながっているみたいに、右足がぴゅんと前に出た。

若菜は歩き始めた。心とは裏腹に、地上へ続く階段ではなく、ハート形の風船がゆれている特設店舗のほうに向かってゆっくりと。


森若菜は帰国子女だ。

中二の夏から二年間、父親の仕事の関係でアメリカで暮らしていた。

はじめての海外生活は、ひとことで言うなら「フリーダム(自由)」だった。現地校にいきなり放りこまれて、最初は英語がわからなくて戸惑ったが、服装も髪形も自由で、朝ランニングの日課もない生活は快適そのものだった。

そんな生活も昨年夏に終わりを告げた。若菜は後ろ髪を引かれる思いで帰国し、その秋の九月から都内の私立女子高校の一年に編入した。クラスメートより五か月遅れの入学だったが、友人にめぐまれて、すぐにクラスになじんだ。

さいさきのいいスタートを切った若菜だったが、ひとつ気になることがあった。

「なんかみんな、キラキラしてない？」

たぶん女子校だからそう感じるんだろうと、はじめは思っていた。でも、どうやらそういうわけでもないらしいと気づいたのは、友人の美羊と珠緒の会話を聞いたときだった。

ある朝、若菜と美羊が教室に入ると、先に来ていた珠緒が美羊に向かって、「美羊ちゃん、そのヘアスタイル、超かわいい～」と絶賛した。美羊は小首をかしげながら「え～前髪の分け目をかえただけだよぉ。珠緒ちゃんなんて、いつもまつげクリンクリンだし、くちびるツヤッツヤだしぃ」とほめ返した。

すると珠緒は「だってあたし、顔が地味なんだもん。目も口も小さいから、透明マスカラとリップは手放せないんだ」とこたえた。

若菜は衝撃を受けた。確かにその日の美羊はいつもと雰囲気がちがっていたが、それが前髪のせいだとは気づかなかった。珠緒が透明マスカラをつけていたこともはじめて知った。

「もしかして、みんなのキラキラの秘密って、こういうことなのかな」

前髪の分け目とか、リップクリームとか、透明マスカラとか……。米粒のようなダイヤモンドでも、四十個集まればゴージャスになるように、一人ひとりのおしゃれはささやかでも、教室に全員が集まるとキラキラして見えるのかもしれない。

「だとしたら、わたしヤバいかも」

若菜は危機感をいだいた。珠緒が地味なら、自分はなんなのだろうと思った。顔もスタイルも平均レベル。Tシャツに短パンが通学着だったアメリカでの田舎暮らしにどっぷりつかっていたせいで、ファッションセンスはゼロ。美羊たちが駅前にできたファッションショップの話で盛り上がっていたときも、わかったふりをしてうなずくだけだった。

そんな若菜にトドメをさしたのは、母親の妹のチカおばさんだった。

冬休みが終わった一月なかばの日曜日、家にやってきたチカおばさんは、若菜と視線が合うなり「ダッサー！」とほえた。

「ちょっとさぁ、女子高生のくせに腹巻きしてるって、どーいうことぉ!?　人生終わってなーい？」

スタイリストとして活躍しているチカおばさんは、若菜を引っぱって代官山にあるファッションショップに直行した。

「若菜はボーイッシュな雰囲気の服が似合いそうだから、これなんてどう？」

チカおばさんが選んだのは、紺色のコットンシャツとホワイトジーンズだった。それに黒いチョーカーを首元に巻いて、ダークグレーの中折れ帽と合わせた。

鏡に映った自分を見て、若菜は思わず「かっこいい！」と叫んだ。信じられないほどの劇的チェンジに、心まで入れかわったような気がした。明るくなった若菜の表情を見て、チカおばさんも満足して言った。

「お年玉がわりにプレゼントするわ。ダサい服は紙袋に入れてもらうから、それをそのまま着てなさい」

「うん、ありがとう！」

そのあと、若菜はチカおばさんと一緒にウインドーショッピングを楽しんだ。風は冷たかったけど、シャツとジーンズが見えるようにコートの前を開いて、セレクトショップが立ちならぶ街を闊歩した。

月曜日の朝、若菜が電車に乗りこむと、座席にすわっていた美羊が「若菜ちゃん、やるじゃ～ん！」とひやかした。

「昨日、代官山にいたでしょ？」

「えっ、なんで知ってるの？」

「ふっふっふ。パパの車でバレエスタジオに向かってるとき、若菜ちゃんが歩いてるのを目撃したのだよ。おぬし、コーデのセンスが高いのぉ。若菜ちゃんのお母さんもメッチャおしゃれだったし」

「いや、あの人はわたしのおばさんなんだ。スタイリストやってて、じつは昨日のかっこうも……」

「えっ、スタイリスト？　それって、モデルさんとか女優さんとかが着る服を決める人でしょ？　すご～い！　そっかぁ、おしゃれな人が身近にいるから、若菜ちゃん、センスいいんだね」

「いややや、そんな……」

美羊の隣にすわっていた珠緒までニヤニヤしながら言った。

「あたしさ、若菜ちゃんが超絶おしゃれって、なんとな~くわかってた。だって、帰国子女じゃん。ねっ、私服のときの写真、見せて」

珠緒が手を差し出したので若菜は後ずさりした。スマホの中には、よれよれのジャージ姿の写真しかない。

「わたし、自撮りはあんま得意じゃないから……」

「じゃあ、今度、若菜ちゃんの私服姿の写真、撮ってあげる」

「う、うん……」

その日以来、「若菜=おしゃれ」というまちがった公式がクラス中に広まった。確かにチカおばさんが選んでくれた服はおしゃれだったし、おしゃれと言われることはうれしかった。でも、本当の自分は……。

いそがしいチカおばさんにコーデを毎回お願いするわけにはいかないので、若菜は勉強そっちのけでネットを調べまくり、ファッションの研究をした。だが、センスというのは一朝一夕でみがかれるものではない。そこで、手っ取り早くおしゃれ上級者に見せるため、母親に頼んでショップのマネキンが着ている服をそっくりそのまま買ってもらうことにした。名づけて「マネキンコーデ爆買い作戦」である。

作戦を決行した翌朝――。

地下鉄の車内で、若菜が新しい服をまとった自撮り写真をお披露目すると、美羊と珠緒は「わぁ～、かっこいい～！」とほめたてた。

「やっぱり若菜ちゃんって、センスあるよねぇ」

「もしかして、こういうかっこうが彼氏の好みとか？」

「か、かれしぃ!?」

珠緒の発言に、若菜は思わず大きな声で聞き返した。

「あざといなぁ。若菜ちゃんって、この手の話になるとはぐらかすけど、本当はいるんでしょ？」

「あっ、えーとその……」

彼氏がいる美羊と珠緒の前で、「いない」とは言いたくなかった。とはいえ、「いる」と言えばウソをつくことになる。そこで若菜はあさっての方角を見つめてこたえた。

「アメリカでは……まあね」

思わせぶりな表現で逃げきったつもりだったが、珠緒はさらにつっこんできた。

「過去形じゃなくて現在進行形を聞いてるんだけど。今はどんな人とつきあってるの？」

「いや、ホントにいないし」

「ウソ。その顔はゼッタイにいると見た。同級生？　年上？　年下？」

「だから、いないって」

美羊まで「イケメンなんでしょ？」と言い出した。若菜は顔に笑顔を貼りつけながら、「なんでイケメンって決めつけてくるかなぁ」と心の中で冷や汗をたらたら流した。

「も～、若菜ちゃんはすぐに笑って逃げようとするぅ」

「じゃあ、顔面偏差値だけでいいから教えて」

「………80」

口から数字がぽろっともれた。言ったとたん「なに言ってんのわたし？」と若菜は思った。でも、後には引けなかった。

美羊と珠緒は嫉妬と羨望がミックスしたような視線を若菜に向けた。

「80って、なにそれ？　モデルレベルじゃん！」と美羊。

「モデルはモデルでも、トップモデルだよね」と珠緒。

「じゃあ、ハーフのトップモデルとか？」

美羊がさらにたたみかけてきたので、若菜は首をわずかに縦に動かした。

その瞬間、珠緒は「マジっすかぁぁぁ!?」とのけぞってガラス窓に頭をぶつけて、逆に美羊は座席から落ちそうになるほど前のめりになって、「どこの国とのハーフ？」

と聞いてきた。

「えっと……、ロシアとの……」

顔面偏差値80に続いて、なぜ「ロシア」という国名が口先から出てきたのかはわからないが、とにかく若菜は話を盛った。興奮する美羊と珠緒が発する熱が心地よくて、盛大に盛った。だが、珠緒の言葉が若菜を現実に引きもどした。

「いいなあ、ハーフでモデルの彼氏なんて……。今日はバレンタインデーだから遠慮しておくけど、近いうちに彼氏に会わせてね」

テディーベアのチョコレート。太陽系の惑星のようなカラフルなショコラ。抹茶味の生チョコに、フランス製のボンボンショコラ……。

若菜はチョコレートがつまった小箱にのばした手を、あわてて引っこめた。

「こんなところで何してんだろう」

チョコレートを渡す相手なんていないのに。

これまでだって、一人もいなかったのに。

「なんであんなこと言っちゃったんだろう」

友だちの前でかっこつけたかっただけ。ほんのちょっと話を盛っただけなのに、思わぬ方向に話が進んでしまった。

でも、今さら遅い。今日の一件で増えた「若菜＝彼氏は日本人とロシア人のハーフのトップモデル」という新たな公式はそうやすやすと消せないだろう。

「おしゃれの次は、彼氏かぁ。こうやって自分をよく見せる偽りの公式がどんどん増えていくのかな」

若菜はこめかみを押さえた。頭がずきずきする。地下鉄駅構内のショッピングアーケードにただようチョコレートのにおいと、店に群がる客の香水のにおいで、酸欠をおこしそうだった。

「あ～最悪。早く帰ろ」

若菜(わかな)が人混みをよけながら地上に続く階段(かいだん)をのぼっていたそのころ、八百五十キロ離(はな)れた場所でも、崖(がけ)っぷちに立たされている高校生がいた——。

2 最悪のバレンタインデー【岡林惣助の場合】

ここは北の大地――。

岡林惣助は帰宅するなり、自分の部屋に直行して、朝起きたときの状態のままのベッドに倒れこんだ。布団に顔をうずめると、おでこに何かがコツンとあたった。

てのひらサイズの赤い箱……。

それは今日、同級生からもらったチョコレートだった。生まれてはじめてもらったのだが、惣助はすなおに喜べなかった。義理チョコだからではない。そもそも、このチョコは惣助自身ではなく、この世に存在しない惣助の先祖……いや、正しくは存在すらしなかった架空の人物に贈られたものなのだ。

チョコレートをくれた三ツ矢さんは「仏壇があるならお供えしてね」と言った。続けて「明日、ご先祖様の写真を持ってきてね」とも。

惣助は布団に顔を押しつけた。針金のようにかたい前髪の先端が綿毛布につきささる。

「あ～、どうしよう。なんで、こんなことになっちゃったんだよぉ」

とはいえ、どこで人生の歯車が狂い出したのか、惣助自身がよくわかっていた。

「なにもかも邪馬台国のせいだ……」


事のはじまりは約一年前。惣助が高校に入学してまもないころのことだった。

日本史の授業中、惣助は板書をノートに書き写しながら、クラス担任でもある富永先生の説明に耳を傾けていた。

「えー、教科書に書いてある通り、邪馬台国があった場所については、今の奈良県のあたり、いわゆる畿内説と、九州説とに大きく分かれている。だがねぇ、ボクに言わせると、チャンチャラおかしな論争なんですよ。邪馬台国はどう考えても、ボクのふるさとの九州にあったとしか考えられないんだな」

惣助ははじかれたように顔を上げた。

（邪馬台国が九州にあっただって？）

惣助は古代史マニアの祖父の影響で、小さいころから邪馬台国に関する本を読みあさってきた。そうして得た知識から、「邪馬台国は奈良県にあった」と惣助なりに信じてきた。それなのに、イモの煮っころがしのような色のジャケットを着た先生は、自説に都合のいい資料を証拠にあげて九州説が正しいと説いている。

「うんっ？　そこのえーと……岡林」

惣助は机の上で両手をぐっとにぎりしめた。

「あっ、えっ？」

気づけば惣助は右手をあげていた。気持ちが勝手に体を動かしていた。まだ名前と顔が一致しないのか、富永先生は名簿を確認しながら惣助の名前を呼んだ。

惣助は緊張しながらこたえた。

「ぼ、ぼくは畿内説が正しいと思います」

教室に緊張が走った。はりつめた空気の糸を切るように、富永先生がハハンッと笑った。

「いやいや、それはちがうんだな。どう考えても九州だよ。畿内説、ありゃマユツバものだね」

「でも、当時の権力のシンボルだった三角縁神獣鏡という鏡が、いちばん多く出土しているのは奈良盆地なんです。それから……」

惣助は地理的状況、政治的状況、歴史的遺物など、最新の研究成果をもとに、畿内説が有利な理由を説明した。はじめは強気だった富永先生も、だんだんと顔にあせりが見え始めた。終礼のチャイムが鳴るころには、「岡林の言うことにも一理あるといえばある」と言い残して教室を出ていった。

その直後、教室から大歓声がわき上がった。惣助は一瞬、何がおきたのかわからなかった。容姿も成績もいたってふつう。いじめる側でもいじめられる側でもなく、ひと通りクラスメートと仲良くできる、いわゆるフツメンの惣助が、担任と邪馬台国論争で一戦をまじえたことで、高校入学以来、はじめて脚光を浴びたのだった。

「岡林君すご～い！　日本史、メチャクチャ詳しいんだね！」

（ちがうよ、日本史じゃなくて、古代史だけ詳しいんだ）

「あのトミーをやりこめるとは天才だなっ！」

（だから天才じゃないって。古代史だけが得意なんだよ）

「あたし、トミーって、ねちっこくて苦手だったんだ。岡林君がやっつけてくれたおかげでスッキリしたよ！」

（ややや、やっつけただなんて、そんな……）

「トミーの主張をバッサバッサ斬っていく感じが最高だったぜ。これからは岡林のこと、『無双』って呼ばせてもらうわ」

(無双ってなに!? 無敵ってことか? だとしたら、おそれ多すぎるよ……)

惣助は心の中で恐縮しつつも、口に出さなかった。

なぜなら、みんなの称賛が気持ちよかったから。

その日以来、惣助の呼び名は「岡林」から「無双」にかわった。日本史でわからないことがあると、クラスメートは惣助に頼った。テストの少し前になると、惣助のノートのコピーを希望するリストができた。

さらに惣助が日本史で満点を取ると、「日本史＝岡林惣助」の公式は不動のものとなった。

「どうしたら無双みたいに日本史ができるようになるの?」

「そうだなぁ。やっぱりロマンを持つことかな」

われながらクサいセリフだと思ったが、クラスメートはすなおに納得した。おそらく邪馬台国論争のときの記憶が脳内にすりこまれていたせいだろう。

だが、快進撃はそこまでだった。得意の古代史は五月の中間テストで出題されたっきり、あとは授業でいっさい触れられなかった。そして奈良の大仏ができたり、セレブ生活を送る貴族が登場したりするあたりから、惣助の日本史に対する興味は急激におとろえ、脳内のメモリー機能もあやしくなってきた。

だが、見栄をはった手前、「古代史しかできません」とは今さら言えなかった。無双という呼び名に恥じないよう、日本史だけは高レベルをキープしたいと思った。

そこで、惣助は捨て身の覚悟で日本史だけを集中して勉強することにした。その結果、期末テストで満点を取った。二学期も江戸幕府の全将軍の名前を苦しみながら暗記して、かろうじて高得点をキープ。危ない橋をわたりつつも無事に三学期を迎えることができた。

そして、バレンタインデーの今日――。

日本史の授業が終わりに近づいてきたとき、先日おこなわれた小テストの結果が返ってきた。これがかなりのクセモノで、出題範囲は江戸時代末期から世界恐慌まで。しかも問題数が三十もあって、小テストというにはあまりにもでかすぎた。

結果は91点だった。90点台にすべりこみセーフ。惣助がほっとしたのもつかの間、左隣の席から「よっしゃ!」という声が聞こえてきた。顔を向けると、海野という男子が100点満点の答案用紙をにぎりしめていた。

「あれっ、無双は100点じゃなかったの? じゃあ、オレの勝ちってこと? マジで? うっはは一い! やった、やった、やったぁぁぁぁ!」

海野はガッツポーズしながら雄たけびをあげた。授業が終わっても、勝利の舞をひらひら踊っていた。

惣助は引きつった笑みを浮かべた。予期せぬ伏兵の登場に教室がざわめくなか、惣助の右隣の席の三ツ矢かすみが「うるさい!」と海野を注意した。

「たまたま100点取ったぐらいで、大さわぎするな」

惣助ははじかれたように顔を上げた。心の中で思っていたことを三ツ矢さんがズバリと言ってくれたことにおどろいた。

三ツ矢さんは惣助の答案用紙を見て「無双にしたら納得いかない点数かもしれないけど、ドンマイ」と言ってほほえんだ。

惣助は三ツ矢さんのやさしさに心を打たれた。無双ブランドはまだ生きている。惣助はフゥ～と息をはいて言った。

「じつはこのテストの日、ちょっと具合が悪かったんだ。頭痛で目もかすんじゃって」

「え～、そうだったの？　それじゃ、しょうがないよ」

「うん」

……というのは真っ赤なウソだったが、三ツ矢さんは思いやりのあるまなざしを惣助に向けた。そして、次の瞬間、「あれっ？」と言って、惣助に接近してきた。

「無双の目って、少しブルーがかってない？　まさかご先祖様が外国人とか？」

「えっ!?」

三ツ矢さんは前の席の女子の背中をポンポンとたたいて話しかけた。

「ねえねえ、モコちゃん。無双の顔って、ハーフっぽくない？」

「あ～言われてみれば、確かにそうかも。肌も白いし、クォーターとか？」

「えええっ！」

惣助がまごついているあいだに、女子たちは「ミステリアスだよね。かっこいい～」「なんかロシアっぽいよね」「きっとご先祖様にロシアの人がいるんだよ！」「わぁ～、なんかステキ！」「貴族系とかだったりして？」「キャー、もっとステキ！」と勝手に盛り上がっていった。

惣助は悪い気はしなかった。小テストで海野に負けた直後だったので、ほめ言葉が耳に心地よかった。否定も肯定もせず、女子たちの妄想を聞き流しながら帰り支度をしていたら、ふいに三ツ矢さんが惣助に向かって赤い小箱を差し出した。

「これ、あげる」

「えっ？」

「ロシア人貴族のご先祖様に。仏壇があるならお供えしてね。……あ、ロシアなら十字架か。とにかくこれ、あげるよ」

三ツ矢さんは惣助の胸に小箱をむぎゅっと押しつけた。学ランの第二ボタンが内側にめりこんだ。惣助が両手で小箱を受け取ると、三ツ矢さんは小首をかしげてにこっとした。

「チョコのかわりにってわけじゃないけど、明日、ご先祖様の写真を持ってきてね」

ふいに電流が走ったように、背筋がぶるっとした。

顔を上げると、窓の外は雪が降っていた。

ベッドでうつぶせになっていた惣助は、起き上がって机の上に置いてあったエアコンのリモコンをつかんだ。スイッチをオンにすると、四畳半の部屋はすぐに暖かくなった。だが、寒気はいっこうに消えない。体の中心に氷柱が埋めこまれているみたいだ。

「う～、しんどい。いったい、どうしたらいいんだ」

いつの間にか、先祖がロシア人貴族ということになってしまった。そして、明日はそのロシア人貴族の先祖の写真を学校に持っていかなければいけない。

「そうだ！　ネットから古い写真を引っぱってこよう」

その写真をセピア色に加工すれば、なんとかごまかせるかもしれない。

惣助はスマホで画像検索した。すると、おかしなヒゲのおじさんや、ありえないほど豪華な家具にかこまれた少女などがあらわれた。さがせども、さがせども、惣助が期待しているような写真は見つからない。

「だめだ！　こんなことをしたって、すぐにバレるぞ。いや、バレるとかって次元の話じゃない」

暗くなったスマホの画面に、惣助(そうすけ)の顔が映(うつ)りこんだ。ダークブラウンの髪(かみ)。八の字にたれた眉毛(まゆげ)。そして色素薄(うす)めの肌(はだ)と目の色。

旅行好きの兄からもらった黒いコサック帽(ぼう)をかぶって、鏡の前に立ってみた。

「ハーフはちょっと厳(きび)しいけど、クォーターぐらいなら……。もしかしたら、本当に先祖の中にロシア人貴族(きぞく)がいた……なんてことはないか」

惣助(そうすけ)は深いため息をつくと、頭をかきむしった。気分をかえるため、あらためてスマホを立ち上げて、次から次へとゲームをプレイした。でも、写真のことが頭をよぎって集中できない。早々(そうそう)にゲームはやめて*SNSに移った。

「うんっ？」

ふと、*タイムラインに表示された文章に目がとまった。

SNS……メッセージのやりとりや、写真の投稿(とうこう)・共有などができる、コミュニティ型のインターネットサービス。
タイムライン……SNSにおいて、投稿(とうこう)されたメッセージを新着順や人気順などに表示したもの。

「かっこつけて失敗？」

それはＮＨＫ Ｅテレの番組『オトナへノベル』の投稿だった。

――次回のテーマは『かっこつけて失敗』。話を盛りすぎた！　軽く見栄をはってピンチにおちいった！　そんなキミの体験談を教えて！

惣助はかじりつくようにスマホの画面を見つめた。

偶然だろうか、あるいは必然だろうか。テレビ番組で自分のネタが求められている。

惣助は友人にばれないように、いつもの*アカウントではなく、〈ロシア人貴族〉というサブアカウントをつくって、自分が置かれている状況を手短にまとめた。そうして、文章の最後に「#オトナへノベル」と*ハッシュタグをつけて投稿ボタンを押した。

「こうしたところで、今ここにある危機は解決するのか？」

惣助は自問自答し、窓の向こうの白いホコリみたいな雪を見つめた。再びスマホに視線をもどしたときには、すでに〈ロシア人貴族〉の投稿がタイムラインに表示され

アカウント……インターネットなどで、利用者の領域に入りこむための権利や、利用者を確認するための文字列など。ユーザーＩＤ。
ハッシュタグ（#）……ＳＮＳにおいて、特定の話題であることをしめすための目印。「#オトナへノベル」のように使う。

ていた。

惣助がぼんやりと物思いにふけっているそのころ、七百五十キロ離れた場所でも、

悶々とした時をすごしている高校生がいた――。

3　最悪のバレンタインデー【木村健太郎の場合】

木村健太郎は北関東に住む十六歳。イチゴ農家を営む両親、祖父母、九歳上の姉と暮らしながら、地元の普通高校に通っている。趣味はゲームと音楽。EXILEのファンだ。

家族は大切だが、もっと大切なのは友だちだ。健太郎には小学生のときからすごしてきた二人の仲間がいる。クールな佐藤潔一と、おちゃらけ専門の鈴木守。三人で撮った「KIZUNA!」という文字が入ったプリクラ写真は健太郎の宝物だ。

とはいえ、彼女ができたら優先順位がかわってしまうかもしれない。いや、まちがいなくかわるだろう。だからこそ、フリーの今は友だちとの時間を大切にしたいのだ。

そう考えているのは、健太郎だけではなかった。潔一や守もそうだ。三人は親友だが、同時にライバルでもあった。身長を聞かれたら、二センチ高くこたえる。たとえ知らないゲームソフトの話でも、もうクリアしたと言う。冬休みに家族で沖縄に行くと聞けば、うちはハワイだと言う。

親友より一歩高く、一歩深く。

絶対に負けられない戦いが、そこにはあった。

バレンタインデーの前日。

下校後のたまり場であるハンバーガーショップで、健太郎と潔一がまったりとしていたら、ふいに潔一がこう言った。

「なぁ、健太郎。オレ、今年は軽く見積もって三個はもらえそうだべ」

「チョコのことか。去年より少なくね？」

「るっせぇ。彼女と別れたことをアナウンスしてねえから、女子たちが遠慮してんだよっ」

「つーか、別れたの二年前だろ。アナウンスも何もねぇべ」

「るっせぇ。つきあったことのねーヤツに言われたくねぇべ」

「つきあいそうになったヤツの数なら、おめーより多いんだよっ。……で、だれからチョコもらうんだ？」

「コマキとミナミと風香」

ストローの先をかんでいた健太郎は、おどろいて視線を上げた。潔一の親戚である双子のコマキとミナミはおいといて、問題は風香だ。

風香は健太郎の幼なじみで、四軒先の家に住んでいる。じつは、健太郎は幼稚園にあがる前から毎年、風香からチョコレートをもらっていた。義理チョコとはいえ、親族以外からもらう数少ないバレンタインチョコだったのだが、昨年、はじめてスルーされた。その理由はいまだになぞだ。

「風香からって、本人がそう言ったのか？」

健太郎が真顔でたずねると、潔一は窓ガラスを鏡がわりにして前髪を整えながらこたえた。

「まあな。去年、風香からもらったから、今年もくれるかどうか、冗談で聞いてみたら『オッケー』だってよ。……で、健太郎は何個だべ？」

潔一があらためてたずねてきたそのとき、守が息を切らしながら店にやってきた。

「おっせーよ！」と潔一がけりを入れるまねをすると、守は「ごめんごめん、これ、もらっちゃってさぁ」と人のよさそうな顔に笑みを浮かべながら黒い小箱をかかげた。

「ジャーン！　伊藤さんからチョコレート、もらっちまいました～！」

健太郎と潔一は「伊藤さんって、守のクラスの？」「日にちまちがえてね？」と、同時に言った。

「うん。伊藤さん、明日は吹奏楽部のコンクールがあるから学校に来ないんだってよ。

だから今日くれた。今年はこれを入れて四個はいけそうだべ」

そう言って胸（むね）をはる守（まもる）に対して、潔一（きいち）はチッと舌打ちをした。

負けてはいられない。健太郎（けんたろう）は細く整えた眉毛（まゆげ）をこすりながら「オレは五個だべ」と宣言（せんげん）した。

「へえ〜、だれから？」と口元に薄笑（うすわら）いを浮（う）かべる潔一（きいち）に、健太郎（けんたろう）は指を一本ずつ折り曲げながら、女子の名前をあげるようなふりをして唇（くちびる）を動かした。

（母ちゃん、ばあちゃん、姉ちゃん、ばあちゃんの友だちのハルさん、それから……）

健太郎（けんたろう）は一瞬（いっしゅん）考えこんでから、心の中で「風香（ふうか）」とつぶやいて、エイヤッと小指を折り曲げた。

「うん、やっぱ五個は確実だべ」

「母ちゃんも数に入れただろ？」

「バーカ。入れてねーよ！」

健太郎が勝者の笑みを浮かべると、守は「負けた」という顔をして天井をあおぎ、潔一は「量より質だべ」と奥歯をかみしめた。それでも腹の虫がおさまらないのか、加えてこう言った。

「じゃあさ、明日、みんなで報告会すっぺ」

時計が七時をまわったところで店を出た。健太郎は潔一と守と別れて、道の両側にビニールハウスが続く暗い小道を歩いた。

ふと、背後で物音がした。ふり返ると制服姿のショートカットの女の子が自転車のライトを扇状に照らしながら健太郎のほうに近づいてきた。

「よっ、風香」

「あぁ」

風香は一瞬速度を落としたが、すぐにペダルを力強くこぎ始めた。

「あっ、ちょっと」

健太郎が声をかけた瞬間、金切り声のようなブレーキの音が暗闇にひびき渡った。
風香はふり向くと、眉間にしわをよせて「なに?」と低い声で言った。ソフトボール部の練習帰りなのだろう、「早く家に帰りたいんだけど」という声が聞こえてくるようだった。

「あのさ、明日ってさ……」

「…………」

「今年はどうかなぁ、なんて。ハハハ…………あ」

風香はぷいっと前を向いて、ペダルをこぎ出した。自転車はあっという間に小さくなって暗闇に飲みこまれていく。健太郎は砂利をけった。

「潔一だけかよ。ちくしょうっ」

ところが——。

翌朝、健太郎が一階に下りていくと、母親が「はい、これ」とピンク色の箱を差し出した。

「もてない息子へのバレンタインチョコですよー」

「はいはい、毎年すみませんねぇ」

箱を受け取ったら、母親が「それから、これも」と別の箱を差し出した。箱の蓋には水色のずきんをかぶった少女の絵がプリントされている。きっと老人会の旅行に出かけた祖母が母親に託したチョコレートだろう。健太郎は「ばあちゃんが帰ってきたら、お礼を言っとくよ」と言って受け取った。

「ちがうわよ。風香ちゃんからよ」

「えっ?」

「さっき、新聞を取りに出たら、ばったり会ってね。早朝練習があるから、あんたにこれを渡しておいてくれって。この絵、マトリョーシカよね」

「なにそれ？」

「ロシアの人形よ。人形の中にさらに小さな人形が入ってて、どんどん小さくなっていくの。かわいい絵だね。……って、ちょっとあんた、ニヤついちゃって、どうしたのよ。いやぁねぇ」

「るっせー！」

健太郎は風香からもらったチョコレートをカバンに入れて登校した。朝から気分爽快。学校で風香に礼を言おうと思ったが、顔を合わせるタイミングがなかった。

「明日は体育で五組との合同授業だから、そのときに言えばいっか」

放課後、健太郎はいつものたまり場のハンバーガーショップに行った。セットメニューをのせたトレイを持って店内を歩きまわったが、潔一も守もまだ来ていなかった。

「あいつら、まだ学校で粘ってんのかな」

結局、チョコレートは風香からしかもらえなかった。母親からもらったチョコも持ってくればよかったとか、教室にもうしばらく居残っていれば義理チョコのおこぼれをもらえたんじゃないかとかいろいろ考えたが、そんなことをしても意味がないと思い直した。だいたい、潔一も守も予定していた数のチョコレートを本当にもらえるとはかぎらないのだ。去年は自己申告制だったから正確な数はわからないが、全員四個だった。そうして、お互いの健闘をたたえあい、その年のバレンタインデーは平穏にすぎていったのだった。

ほどなくして潔一と守がやってきた。健太郎が想像していた通り、潔一は予想三個が実際は一個、守は予想四個が実際は二個という結果だった。

「オレは二個。一個は潔一と同じで風香から」

健太郎が人さし指を立ててこたえると、潔一が「なんだべ」とつまらなそうにつぶやいた。続けて守が「オレも、オレも！　今日もらったの、風香からだけだべ！」とさわぎながら箱を出した。

「あっ、マトリョーシカだ」

守がもらった箱の蓋にも、水色のずきんをかぶった人形の絵がプリントされていた。

健太郎は「オレのと同じだべ」と言い、潔一も「オレもだべ」と箱をカバンから取り出した。

「なんだ、思いっきりみんな一緒だべ」と守。

「風香のヤツ、手ぇぬいてんじゃねぇよ」と潔一。

「でも、中身がちがってたりしねぇか？」

健太郎がテーブルの上に置かれた三つの箱を見比べてそう言うと、守は「いや、一緒だべ」と否定した。

「でも、オレのほうがちょっとデカくね？」と健太郎がさらに追求すると、潔一は「おまえって、ホントめんどくせぇヤツだな」と言いながら手荒に箱を開け始めた。

「ほら、おまえらも開けろや」

健太郎と守はテープをはがして蓋を開けた。すると、中からマトリョーシカの絵の箱があらわれた。さらに蓋を開けると、またマトリョーシカの箱があらわれた。横で守が「なんだこりゃ？」とつぶやいている。蓋を開けると、さらにまたマトリョーシカの箱が……。「いったい、どこまでいけばチョコが出てくるんだ？」と健太郎が思った瞬間、チョコレートと小さな紙が出てきた。

潔一が同じような紙を広げて「『友チョコ』だってよ」とつぶやいた。守も「オレのにもごていねいに『友チョコ』って書いてあるべ」。

潔一と守は、健太郎に視線を向けた。

「健太郎は？」

「…………エンキリチョコ」

「はっ？」

潔一が健太郎の手から紙をうばった。それを守に見せると、二人同時にブーッとふき出した。

「『縁切りチョコ』だってよ！」

「超ウケるべ！」

ショックで凍りついている健太郎のそばで、二人は無遠慮に笑った。それから、ふいに真顔になって、笑いをかみ殺しながら窓の外に目をやった。

「なんだべ、『縁切りチョコ』って。風香のヤツ、なに考えてんだ？」

夜、健太郎は部屋にこもって不吉な紙をじっと見つめた。床にはマトリョーシカの箱が散らばっている。ロシア人形のチョコレートには、まだ手をつけてない。

「なんでオレだけ……箱の大きさなんか気にしなけりゃよかった」

あのとき、みんなの箱と同じでほっとした一方、どこか納得いかない気がした。風香とのつきあいは潔一や守よりもずっと長いのに、なんで同じものなんだ？　守は女子から二個もチョコをもらったのに、なぜオレは一個なんだ？　だったら、せめて二人よりグレードの高いものであってほしい。潔一と守に負けたくない気持ちが、箱のサイズに疑念をいだかせてしまった。

「あ～彼女がいたらなぁ」

行きつくところはそこだった。彼女さえいたら、こんな義理チョコごときで悩まずにすんだのに。

あのときの潔一と守の顔。相手がトランプのババをぬき取った瞬間みたいに、「ざまぁ」と「お気の毒に」という思いがミックスしたような、なんともいえない顔をしていた。

「あいつら、なんだよ。ひとごとだと思って」

健太郎はスマホをつかんで、SNSを立ち上げた。風香にメッセージを送ろうとしたが、昨晩の風香のようすを思い出してやめた。

着々と更新されていくタイムラインをながめていたら、NHK Eテレの『オトナヘノベル』の投稿があらわれた。

——次回のテーマは『かっこつけて失敗』。話を盛りすぎた！　軽く見栄をはってピンチにおちいった！　そんなキミの体験談を教えて！

と書いてある。

「フンッ、体験談なんか、だれが教えるか！」

健太郎は画面に向かって悪態をついた。だが、他人の失敗は気になる。ハッシュタグと番組名で検索したら、たくさんの投稿が画面にあらわれた。

——ヒップホップを習い始めたばかりなのに、踊れるとウソをついてしまいました。実際に踊ったら大笑いされました

——デートのとき、見栄をはって高級レストランに行ったら、お金がたりなくなって彼女に出してもらった

——グアムに行く予定の友だちに『明日からパリに行くんだ！』と言い返したら、翌日、渋谷でばったり会ってしまいました。今思い出しても恥ずかしいです

健太郎は自分のことを棚に上げて笑った。

「こいつらバカか。……おっ？」

ロシア人形のチョコレートをもらったせいだろうか、〈ロシア人貴族〉というアカウント名に目がとまった。

——見栄をはったことで、ぼくがロシア人貴族の子孫であるという誤解が解けないままになっています。女子からチョコをもらったのですが、ぼくではなく、ご先祖様にだそうです

「うわぁ、意味不明。ロシア人貴族って、ありえねーし」

健太郎は口ではそう言いつつも〈ロシア人貴族〉に同情した。どんな事情があったのかは知らないが、目の前の男を無視して、ご先祖様にチョコのプレゼントはないだ

ろうと思った。

健太郎はなんとなく〈ロシア人貴族〉を*フォローしてみた。そして、彼の投稿を引用して、「激しく同情。オレは今日、ロシア人形の縁切りチョコをもらいました」と書きこんだ。

健太郎がマトリョーシカの箱にかこまれながらスマホをいじっているそのころ、百キロ離れた地点に住む森若菜は、SNSに投稿された画像を見て青ざめていた――。


フォロー……SNSにおいて、特定の人のコメントを自分のホーム画面やタイムラインに表示されるようにすること。

4

孤独な盛りガール

「やだ、ちょっとなにこれ?」

地下鉄駅構内の特設バレンタインデーショップで具合が悪くなった森若菜は、夕食をパスして部屋で横になっていた。窓からの冷気で目覚めると、いつもの習慣でベッドサイドのスマホに手をのばした。

すると、若菜と美羊と珠緒の三人でやりとりしているグループメッセージに未読サインがついていた。

「なんだろう?」

未読メッセージの先頭には、マネキンの写真が貼りつけてあった。

「これ、あたしが服を買ったショップの……」

投稿したのは珠緒だった。

写真と一緒に「駅前のショップで若菜発見」というメッセージがそえてある。

珠緒に続いて、美羊もメッセージを残していた。

——今日、見せてくれた自撮り写真とそっくり！　若菜パクッた？

「……………」

ひざがガクガクふるえた。背中はゾクゾクするのに顔がかーっと熱くなっていく。

「若菜＝おしゃれ」の公式は、あっけなく崩壊した。恥ずかしいという言葉では言いあらわせないほどの感情があふれ出てきて、体の中から自分を溶かしてしまいそうだ。

「どうしよう!?」

二人にどんな言いわけをすればいいのだろう？　そして、もうひとつの偽りの公式「若菜＝彼氏は日本人とロシア人のハーフのトップモデル」のことはどう打ち明ければいいのだろう？

ちょっとかっこつけただけなのに。

ほんのちょっと話を盛っただけなのに……。

見栄をはったツケは自分にもどってきた。しかも倍返しで。

若菜はグループメッセージを閉じた。現実逃避するようにアメリカで暮らしていたときの写真を見た。それからSNSをぼんやりとながめていたら――。

「あっ……」

タイムラインにNHK Eテレの『オトナヘノベル』の投稿が流れてきた。

――次回のテーマは『かっこつけて失敗』。話を盛りすぎた！　軽く見栄をはってピンチにおちいった！　そんなキミの体験談を教えて！

「かっこつけて失敗か……」

つぶやいた唇のすきまから、ふっと笑いがもれた。なんというシンクロ。きっと世界中をさがしても、自分にまさる失敗はないだろう。笑いたければ笑うがいい。思いっきり今のわたしを笑ってほしい。

若菜は猛烈な勢いで文字を打ち始めた。そして、世界に向けてこんなコメントを投稿発信した。

「『彼氏が日本人とロシア人のハーフのトップモデル』と友だちに言ってしまいました。ばれるのは時間の問題。こんなわたしを笑ってください」

しばらくすると、若菜の投稿が引用されて、タイムラインにあらわれた。

――激しく同情。オレもロシア人形のチョコレートにやられました

――ロシアつながりで発見。ぼくも今、wakaさんと同じ気持ちです！

引用してきたのは〈けんたろう〉と〈ロシア人貴族〉というアカウント名の二人だった。さらに、二人からほぼ同時にフォローされた。

「だから笑ってよ。同情するんじゃなくってさ」

若菜はスマホを見つめてふてくされた。でも、内心は共感してくれる人がいてうれ

しかった。

若菜は二人に向けて、

——ありがとうございます。傷のなめあいみたいですね。っていうか、「ロシア人形のチョコレート」と「ロシアつながり」ってなに!?

と書きこんだ。

〈ロシア人貴族〉からコメントが来た。

——確かにそうですね！　でもこんなこと、友だちには絶対に言えない

〈けんたろう〉からもコメントが来た。

——オレも。まさか縁切りされるとは思わなかった

「縁切り？」

またしてもなぞの単語だ。二人がどんな見栄をはって失敗したのか気になる。ものすごく気になる。でも、ぜんぜん知らない人たちだ。

若菜(わかな)は不安をいだきながら、二人を*フォローバックした。一分もたたないうちに〈けんたろう〉から直接メッセージが届(とど)いた。

――フォロバあざっす。見栄(みえ)っぱり同士で傷(きず)をなめあいましょう！

フォローバック……SNSにおいて、フォローしてきた相手を自分もフォローすること。フォロー返し。略して「フォロバ」ともいう。

5

見栄(みえ)っぱりポルカ

――はじめましてwakaです。「ロシア人形のチョコレート」「ロシアつながり」って、どういうことかな？　よろしくお願いします！

バレンタインデーの深夜、若菜(わかな)はＳＮＳで知り合った〈けんたろう〉と〈ロシア人貴族(きぞく)〉とともにグループをつくり、メッセージのやりとりをした。

〈ロシア人貴族(きぞく)〉は北海道に住む古代史好きの高校一年生で、同級生からのほめ言葉を否定(ひてい)しなかったことから「ご先祖がロシア人貴族(きぞく)」と思いこまれてしまったそうだ。

一方、栃木県(とちぎけん)に住む高校二年生の〈けんたろう〉の事情はやや複雑だった。そのうえ、けんたろうは文章で説明するのが苦手(にがて)のようで、若菜(わかな)は何度も質問を繰(く)り返(かえ)して意味を確認(かくにん)した。そうしてわかったのは……「親友たちとチョコレートの数を競った

↓実際に学校関係でもらったのは幼なじみのFちゃんの一個だけ↓Fちゃんは〈けんたろう〉の親友にも同じものをあげていた↓みんなでいっせいに箱を開けたら、なぜか〈けんたろう〉の箱の中にだけ『縁切りチョコ』と書かれた紙が入っていた」ということらしい。

――(waka) Fちゃんに聞いてみたらどうかな。何か理由があるんじゃない？

――(ロシア人貴族) ぼくもそう思います

――(けんたろう) でも、聞いたら立ち直れないかもしれない。オレ、見栄っぱりだけど、気が弱いんだ

――(waka) わたしも、自分に自信がないの

――(ロシア人貴族) ぼくも古代史以外で人に勝てるものがありません

――(けんたろう) 一個でもあるならいいべ。オレなんて自慢できるものなんかひとつもねーし

——（waka）わたしも

——（けんたろう）wakaさん、ゴメン。オレあるわ。親友。あいつら、オレの宝だべ

——（waka）素敵。そんなふうに言えるけんたろうさん、かっこいい！

——（ロシア人貴族）やはりFちゃんに直接たずねたほうがいいと思います。けんたろうさんの大切な親友のためにも

——（けんたろう）うん。たぶんあいつらも気になってると思う。明日、風香に聞いてみるべ

——（waka）名前言っちゃってますけど

——（けんたろう）！！！！！

若菜はスマホを見つめてふき出した。優等生風の〈ロシア人貴族〉と、友だちを大事にする〈けんたろう〉。文面から二人のやさしさと不器用さが伝わってきた。

若菜は再び文字を打った。

——(waka)　わたし、おしゃれじゃないのにおしゃれなふりして、彼氏いないのに彼氏いるって、友だちにウソついた。明日からどんな顔して学校に行けばいいんだろう

——(けんたろう)　ロシア人貴族に彼氏役を演じてもらうのはどうだべ？

——(waka)　グッドアイデア！　でも、北海道に住んでるんでしょ？

——(ロシア人貴族)　はい。ぼくはロシア人に似ているかもしれませんが、ただのフツメンです。申しわけないですが、wakaさんのお役には立てません。ぼくが彼氏のふりをしたら、ウソを塗り重ねるだけですし、ますます事態が悪くなるだけだと思います

——(けんたろう)　くそまじめすぎる長文！

——(waka)　納得。ウソはもうつきたくない

——(けんたろう)　腹くくって本当のことを言うしかねーべ

――（waka）そうだよね……。うん、そうする

――（ロシア人貴族）ぼくもへたな小細工はやめて真実を告白します

――（けんたろう）そうしたほうがいいと思う。男の世界は面倒。毎日、ハッタリ合戦だべ

――（ロシア人貴族）友人よりワンランク上にいると見せかけるために、つい見栄をはってしまうんですよね

――（けんたろう）ＥＸＩＬＥのメンバーとはりあおうとは思わねーけど、友だちには負けたくねーし

――（ロシア人貴族）ＥＸＩＬＥとは大きく出ましたね。でも、そういうことだと思います。テストの点数で負けたくないとか、ほかにもいろいろと

――（けんたろう）カラオケの点数とか、足のサイズとか、アイスの当たり棒の数とか、茶柱が立った数とか

――〈ロシア人貴族〉それはさすがにないですね

若菜は、〈けんたろう〉と〈ロシア人貴族〉が男の見栄についてやりとりするのを新鮮な気持ちで読んだ。

「結局、男も女もかわらないんだな」

この前、若菜のお母さんはジュエリーボックスの中でいちばん大きな指輪をはめて高校の同窓会に出かけていった。住宅展示場に見学に行ったとき、お父さんはアンケート用紙に記入する年収を水増しした。美羊は病院で体重を聞かれたとき、三キロ少なく申告していたし、珠緒だって高級ブランドの偽物のパスケースを使っている。

小さなウソ。大きなウソ。

サイズはちがっても、みんな、どこかで見栄をはっている。

美しく見せたい。お金持ちに見られたい。頭がよさそうに見られたい。

少しでもよいイメージを相手にあたえて、リスペクトされたり、愛されたりしたいと思っている。

「なんか、しんどいなぁ」

見栄をはらないとリスペクトされないなんて、寂しすぎる。

そんなことをしても、いつかばれるだろうし、自分自身に嫌気がさしてしまうだろう。

「ありのままで生きていけたらなぁ」

壁を見上げると、時計は零時をとうにすぎていた。

「お風呂、入ってこよっと」

若菜はスマホに視線を落として文字を打った。

――(waka) そろそろフロリダします
――(けんたろう) フロリダ?

――(waka) お風呂のため離脱
――(けんたろう) なるほど!

──（waka）傷のなめあいに参加できてよかった。ありがとう！

──（けんたろう）じゃあ、オレもフロリダ。見栄っぱりトーク楽しかったべ！

──（ロシア人貴族）ぼくもwakaさんやけんたろうさんと本音で話せてすっきりしました。「オトナヘノベル」でぼくの体験談が紹介されることになったら、まず、みなさんにご報告します。あっ、その前に明日をどう乗り切るかですね。みなさんの健闘を祈りますから、ぼくの健闘も祈ってください！

──（waka）また長文。もちろん祈ってるよ！

──（けんたろう）オレも！　お互いがんばろうな！

6 ありのままで

バレンタインデーの翌朝、地下鉄のホームにたたずんで線路の向こうの壁を見つめていた森若菜は、トンネルの奥から聞こえてくる警笛の音にはじかれたように顔を上げた。もうすぐいつもの電車がやってくる。美羊と珠緒が乗っているはずだ。

「リラックス、リラックス」

若菜は目を閉じて胸に手をあてた。ホームを流れる風が、ショートボブにした髪と、はりつめた心をゆらす。まぶたを開けると、目の前に車両がとまっていた。若菜は覚悟を決めて電車に乗りこんだ。

「おはよっ」

美羊と珠緒は入口近くの座席にすわっていた。微妙な表情の二人が口を開く前に、若菜は「どうも～、盛り盛りの森若菜でっす！」と芸人みたいなあいさつで先手を取った。

美羊がぷっとふき出した。珠緒は「あれっ、この人、マネキン？　本物？」とわざとらしく若菜のスカートを引っぱった。

昨晩のグループメッセージの文面からは怒っているように思えたが、この感じなら大丈夫だ。若菜は調子に乗って「彼氏募集中のマネキンでーす！」とグラビアアイドルのようなポーズをとった。

そんな若菜に、美羊は「彼氏いるじゃん」とつっこみ、珠緒は「ハーフのトップモデルの」とうらめしそうに若菜を見た。

「あれはウソでーす。わたしにそんなハイスペックの彼氏がいるわけないでしょ」

「じゃあ、おしゃれ伝説と同じく盛ってたってこと？」

「ぶっちゃけ、そういうことでーす。ごめんなさいっ」

若菜はぺこりと頭を下げた。しばしの沈黙。珠緒が「でも……」とつぶやく。

「若菜ちゃんがハーフのトップモデルとつきあっててもアリって感じ」

「いやいや、そんなご冗談を」

「だって、前に超イケメンの外国人に道を聞かれたとき、若菜ちゃんが堂々と英語で説明してるの見て、『かっこい〜っ!』って思ったもん。別れぎわにハイタッチとかしちゃって……。なんてゆーか、若菜ちゃんって、仕草とか雰囲気がすでにグローバルっていうか、とにかく外国人チックなんだよね」

珠緒がそう言うと、美羊まで「だよね〜。くやしいけど、そこは若菜ちゃんにはかなわない。いつもヘンな寝癖つけてるけど」と笑った。

ほめているのか、けなしているのかわからない二人ならではの気づかいに、若菜は胸がいっぱいになった。そして、窓の向こうの暗がりを見つめてこう思った。

（やっぱり、ありのままの自分でいこう）

見栄をはるテクニックを身につけるより、自然体の自分をみがいていくほうがいい。

その作業は地味で目立たず、時間がかかるかもしれないけど、それでも、そんな道をめざす自分を愛してくれる人があらわれたら、その人こそ彼氏に……いや、結婚相手になってもらいたい！

「ちょっと若菜ちゃん。遠い目してどうしたの？」

珠緒の声に、若菜はわれに返った。

「あっ、その、昨日チョコレートを食べそこねたなあーと思って」

「じゃあ、購買部によってから教室行く？」

「うん」

「あたしはヨーグルト系にしようかな」

「じゃ、わたしはカスタード系で！」

三人はホームにおり立つと、じゃれあうように話しながらエスカレーターへ向かった。

若菜が学校の購買部でチョココロネを買おうとしているそのころ、岡林惣助は教室で三ツ矢さんに写真を見せていた。小学生だった惣助のお父さんが、親戚の結婚式に出席したときの集合写真で、岡林家の面々が勢ぞろいしている。

三ツ矢さんは端から端までなめまわすように写真を見つめると、不機嫌そうにつぶやいた。

「全員、バリバリの日本人じゃん」

惣助はうなずいた。

「そう。見ての通り、うちの一族はバリバリコテコテの日本人だよ」

「この人だれ？」

「ぼくのお父さん。こっちはおじいちゃんで、こっちはひいおじいちゃん」

「なんか全員、無双にそっくり！」

「そうかな」

「うん、超絶クローンだよ。特に髪形と眉毛が！」

言われてみればそうかもしれない、と惣助は思った。お父さんはブレザー、おじいさんはえんび服、ひいおじいさんは羽織はかま。着ているものはちがうけど、全員、ハリネズミのようにツンツンした剛毛で、眉毛は八の字にたれている。

三ツ矢さんが声をひきつらせて笑った。三ツ矢さんの声を聞きつけてやってきた人が爆笑し、さらにまたその声を聞きつけてやってきた人が爆笑。気づけば惣助はおおぜいのクラスメートにかこまれていた。

「無双、この写真すげーよ！」

「ネットにアップしたら、百万人から『いいね！』がつくぜ」

「一族全員、日本史ができそう！」

写真の破壊力のせいか、だれもロシア人貴族の一件には触れなかった。三ツ矢さんが「無双んとこって、天才家系なんだね」と言ったので、惣助ははっきりと否定した。

「ぜんぜん天才じゃないよ。ぼくはただ古代史が好きなだけなんだ」

「中世も近代もできるんだから、古代史っていうか日本史でしょ。昨日の小テストだってメッチャよかったし」

ほかのクラスメートまで「そうだよ、謙遜するなよ」「無双、オレに対するイヤミか」と矢つぎばやにつっこんだ。

確かにこの一年間、日本史の成績だけは抜群によかった。入学したてのころ、邪馬台国論争で先生と対等に議論したことから「無双」と呼ばれ、その名に恥じないために、日本史だけは一生懸命に勉強してきた。

「見栄はぼくのエンジンだったのかもしれない」

周囲からよく見られたいという思いが自分を机に向かわせていたのだとしたら、見栄っぱりも悪いばかりじゃない。惣助はそう思った。

「うん……？」

そのとき、目の前にてのひらがすっとあらわれた。見上げると、三ツ矢さんが小首をかしげて、にっこりほほえんでいる。

「そんなわけで無双、今度の期末テストの前に日本史のノートを貸して」

「あっ、うん。ぼくのでよければ」

惣助はごわごわした髪に手をやって、照れくさそうにうなずいた。

惣助が三ツ矢さんに日本史のノートを渡しているそのころ、木村健太郎はソフトボール部の部室の前で風香と向かいあっていた。

「昨日はサンキュ」

健太郎は右手を腰にあて、左手で後頭部をなでながらうつむいて礼を言った。だが、返事はない。聞こえてくるのは乾いた風の音だけ。前髪のすきまから前をのぞき見ると、風香は肩にバットをのせたまま、表情ひとつかえずに立っていた。

「えっとその、チョコくれて……なんつーか……ありがたい」

「それだけ？」

「は？」

「授業が始まるから、早く着替えたいんだけど」

「あっ、悪い。あっ、ちょい待て。あっ……」

健太郎がまごついていると、風香は右足から左足に重心をかえながら「だから何？」といらだったようすで健太郎をせかした。

「あのチョコ、潔一と守にもやっただろ？　ほかにやったヤツは……っていうか、ご縁を切ったのは……」

「あんただけだよ」

速攻で答えが飛んできた。無慈悲な直球。健太郎は頭にデッドボールがあたったような衝撃を受けながら「な、なんでだよ？」と風香をにらんだ。

風香は健太郎をにらみ返して言った。

「おととしチョコあげたとき、『これで八個目だな』って言ったでしょ。だからもう、あんたになんてあげる必要ないって思った」

「お、おととし!?　オレが？」

健太郎はたじろいだ。おととしのことは覚えてないが、まさか風香にまで見栄をはっていたとは……。健太郎は地べたに手をついて土下座した。手とひざの重みで、霜柱がシャリッと音を立てた。

「ごめん！　この通り！　八個はウソでした！　オレ、本当はその……。今まで家族以外は風香からしかもらったことないんだべ。……あっ、いや、ばあちゃんの友だちのハルさんと風香だけ！」

しばし沈黙。からっ風が横切り、健太郎の手に陽の光があたった。

「バーカ」

ふいに風香の声がした。顔を上げると、風香が健太郎を見下ろしている。突然、バットがぐるんと回転し、その先端が健太郎の鼻先で止まった。なぐられるのかと思い、とっさに顔を手で隠したら、「以後、気をつけること！」と風香がどやしつけてきた。

部室に入っていく風香の背中に向かって、健太郎は叫んだ。

「あの、来年は……？」

少し間があってから、ドアのすきまから風香の声がもれ聞こえてきた。

「……考えておく」

健太郎はバネのようにビュンッと立ち上がって頭を下げた。

「あざっす！　風香センパイ、マジあざーっす!!」

「先輩じゃないし。早く行きなよ」

「はいっ！」

ドアのすきまから聞こえてくる風香の笑い声を背中で受け止めながら、健太郎は校舎に向かってダッシュした。かっこつけるのはもうやめよう、ありのままの自分でいこう、と心に誓いながら。

しかし、その誓いは、半日ともたなかった。

放課後、いつものたまり場のハンバーガーショップで「例の縁切りチョコのことなんだけどさぁ」と、健太郎が潔一と守に話を切り出したら、二人があわれむような目で見たので、思わず言ってしまった。

「なんか風香のヤツよぉ、オレがほかの女からチョコもらってんの見て、嫉妬したんだってよ」

すかさず潔一が「へえ。オレもおととしは修羅場だったべ」と言い、守は「あんまりもらいすぎるのも困るべ」と眉間にシワをよせた。

三人は静かにうなずき、次の瞬間、爆笑した。

❖
❖
❖

窓の向こうに高層ビルが立ちならぶ教室で、若菜が流ちょうな発音で英文を朗読している。

暖房のきいた教室で、惣助が黒板を見つめている。

山にかこまれた校庭で、健太郎が木枯らしに吹かれながらサッカーボールを追いかけている。

ひょんなことからつながった、名前も顔も知らない三人。

かっこつけて、失敗して、そうして何かを見つけてきた三人。

おそれずに踏み出して、そうしてオトナへと近づいていく三人。

それぞれの向こうに、青い空がどこまでも広がっていた。

いた。

　高校在学中の十七歳のときに、慎ちゃんはバレーボールの全日本代表選手に選ばれたのだ。試合中継があるときには、川原家のテレビの前に近所の人が集まって、みんなで応援した。このままいけばオリンピックに出るのも夢じゃないとだれもが言った。世利はまるで自分の家族のことみたいにほこらしかった。

「あたしもバレーやる！」

　慎ちゃんの活躍に感動した世利は、そう宣言した。七歳のときのことだ。

「おっ、がんばれよ！」

　慎ちゃんはそう言って、世利の頭をくしゃくしゃとなでてくれた。

　中学生になって、同級生たちがクラスの男子や先輩を好きになってキャーキャー言うようになっても、世利はそういう男子には見向きもしなかった。なぜって、世利が好きなのは慎ちゃんただ一人だったから。

慎ちゃんは世利のヒーローであり、目標でもあった。自分も慎ちゃんみたいなカッコいい人になりたい、少しでも近づきたいとあこがれた。

「バレーをやる」と言う宣言の通り、世利は小学校のクラブでも、中学校の部活でもバレー部を選んだ。もともと運動神経は悪くないので、けっこう活躍もできて、中学では部長までつとめた。とはいえ、中学時代のチームは、地方予選もなかなか勝ちぬけない程度のレベルだった。

それでも世利は、慎ちゃんと同じバレーをやっているというだけでうれしかった。

それに、中学では友だちとガールズバンドを組んでベースを弾くようになり、そっちの活動も楽しかったので、バレー部のほうはほどほどで満足していた。

けれど中学二年生のころ、世利の心境に変化が生じた。

ある日、慎ちゃんが全日本の合宿を途中で切り上げて、実家にもどってきたのだ。

世利はウキウキしてようすをうかがいに川原家に遊びにいった。すると、今まで見

解説

心理学者　晴香葉子

◎つい見栄を張ってしまう心

わたしたち人間は社会的な生き物で、お互いにかかわり合いながら共存しています。孤立することを避け、必要とされる人間になろうとする傾向があり、所属しているグループやコミュニティの中で、自分のポジションを確立しようとします。そして、そのようなかかわり合いの中では、つい自分を実際よりも大きな存在に見せようとしてしまうこともあります。特に、十代のころは、自分からというよりも、まわりの誤解や話の流れで、「つい、そういうことにしてしまった」という見栄がよくみられます。

◎問題が大きくなる前に、明るく解決

保護者からの自立が始まり、アイデンティティ（自己同一性）の形成も活発になる十代は、正義感も強まるので、見栄からついてしまったウソにひどく苦悩する人もいます。見栄をエンジンにして、なんとか本当になるように努力する人もいれば、後悔しつつもウソを重ねてしまう人もいます。共同生活においてポジションを確立し合う中で、お互いにある程度は見られる見栄ですが、ウソがバレてしまったときにバツの悪い思いをしたり、人間関係にひび

が入ることもあるので、問題が大きくならないうちに、できれば明るく解決したいものです。

◎ウソがバレてしまったら、変にかっこつけない

打ち明けようとしていたのに、先にだれかからウソを指摘されてしまったときには、心に起きている変化を素直に表現してみてください。変にかっこつけずに、狼狽したり、恥ずかしそうにしたりすればいいのです。ちょっとした虚栄心からウソをついてしまう、バレたらどうしようと不安になるという経験は、だれでも少しは心当たりのあるものです。素直にバツが悪そうにしていれば、相手も「まあそういうこともあるか」と共感してくれるので、問題が大きくなりません。かえって相手との距離がちぢまることもあります。

◎「本当はね……」と自己開示

勇気を出して自分から打ち明けるときには、「見栄だった」と伝えるだけでなく、「本当はね……」と、実際の状況も自己開示しましょう。こちらが心を開くと、相手にも心を開きたくなるという心理が働きます。相手もどこかホッとして、お互いに肩の力が抜け、笑い合うことができます。また、友だちのウソや見栄に気づいたときには、あたたかく考えて、それがトラブルに発展してしまうことのないようにサポートしてみてください。

トランスフォーム×ハイスクール Ⅰ

彼女(かのじょ)は有罪

陣崎草子

1 クールジェントル

教室の入口近くで、女子が数人、高い声で会話をはずませている。三葉高校一年のとあるクラスにおける、ありふれた昼休みの光景だ。一人の女子が「やだー」と手を打って、笑いながら体をのけぞらせた。

「おっと、危ない」

教室に入ろうとしていた深見条は、ちょうど自分のほうへ倒れてきた女子の肩を両手で軽く支えた。ばさっと女子の髪が条の目にかかる。

「あ、深見くん、ごめん……」

肩を支えられた女子は、背後にいたのが深見条だと知ると、あわてて体勢を立て直した。

「おっと、悪いね、手ぇ触れて」

条が手を引っこめると、女子は照れくさそうにうつむいた。

「あー、ねぇジョーくん、今なに聴いてんのー？」

机によりかかっていた別の女子が、条の手元のスマホを指さした。条は「これ？」と言いながら、イヤフォンを片方はずした。

「マディ・ストリームだよ」

「え～知らない。新しいバンド？　いいの？」

「超アツイね。もはや世界レベル。やばいよ。聴いてみ？」

条にイヤフォンを差し出され、女子は笑いながら、くすぐったそうにそれを耳に入れた。

「しょっぱなのギターリフがサイコーなんだよ。ボーカルも英語の発音がネイティブなみっしょ？」

「ほんとだ、いいかも！」

「日本人なのに日本のメディアにはあんまり出ないで、欧米でガンガンにライブやって支持されてるんだよ。動画サイトから人気に火がつきだしてさ。まだ知る人ぞ知るバンドだ」

「ふーん。あ、ねえ、ジョーくんはバンド組まないの？」

「あー、メンバーさがしてんだけどな」

「もし組んだら、ライブとか絶対行くよー」

「ああ、サンキュー」

軽く手をあげて、条はイヤフォンを再び自分の耳に押しこみ、その場を立ち去った。

あとに残った女子たちは、うっとりとした目で条の背中を見送った。

そのうち、だれからともなくため息がもれる。

「あーあ、いいよね、深見」

「うん、クールだけど熱くて、しかも紳士だし。マジやばい」

「モテるくせに女子を差別しない感じがいいよね。大人っていうかさ。さらにバンドなんかやったら最強じゃん。キャラ立ちすぎだって」

「あんた、肩触れられてめっちゃうれしそうだったしー。コクってみたら？」

「やだー、競争率高すぎ！　ありえないって！」

女子たちの噂話が明るい教室にさざめいた。

2 見つけた声

深見条はさっと教室内を見渡した。そして窓際で有本世利と原大元がたむろしているのを見つけると、「おう」と手をあげて彼らのもとへ向かった。

「ジョーくーん、あんなことされたら、オレでも惚れるっしょやあ～」

大元が肩をつかむジェスチャーをして、のんびりした声で言う。温和そうな印象をあたえる垂れ目を細めて笑っている。

「ジョーはさあ、確信的にクールジェントルキャラつくってんよね」

ショートボブをゆらして、きゃらきゃらと世利は笑った。

「だれにでもやさしくして、だれからも一歩距離をおく。するとなぜかウザい告白は減るし、ふった女からもなぜか恨まれない。顔がいいと男も苦労するってことか。ね、ジョー」

「ああ？　なんのこっちゃ。もともとの性格だし、しゃーねーべ。いや、それよりおまえらさ」

スマホからイヤフォンをはずすと、条はやや興奮ぎみに早口で言った。

「ちょっとこれ見てくれよ。マディ・ストリームのコピーやってる素人見つけたんだけどさ、ちょいヤバでな」

世利と大元の表情もにわかに変化した。条が見せたスマホ画面をのぞきこむと、動画サイトが表示されていた。

「行くぞ」と言い、条は動画の再生ボタンを押した。すると、ややおぼつかない低音のギターリフが流れた。世利と大元は、これが？　という顔で一瞬表情を曇らせる。

けれど次の瞬間、

「うお……」

大元がうめき声をもらした。女の声で、やけにパワフルな声が流れてきたのだ。ハスキーボイスなのに透明感があり、不思議な魅力のある声だ。

「この声で音域もすげえんよ。英語の発音もいい。まあ、ギターはマズいけどさ。ボーカルは本家にけっこう迫ってる。しかも……」

さらに条は続けた。

「プロフ見たら、都内在住ってあるんだわ。これ、早めにコンタクト取んないと、絶対、ほかに声かけるやつ出ると思うんだよ」

「なるほど、いいね」

世利は条の言わんとするところを理解し、あいづちを打った。

条と世利と大元の三人は、高校に入ってから音楽の趣味が合うことを知り、つるみ始めた仲だった。しかも都合のいいことに、これまでやってきた楽器がそれぞれ異なっていた。大元は吹奏楽の強豪中学でパーカッションの名手だったし、世利は中学のころに組んでいたガールズバンドでベースを担当していた。条は中一のときにジミ・ヘンドリックスの超越的な音楽に触れて以来、一貫してギター小僧だ。

三人のあいだでバンドを組もうという話が出たのは自然なことだった。が、ボーカルがいなかった。一度条が歌ってみたこともあったが、「カエルの合唱でも録音したほうがマシね」と世利ににらみつけられた。それには条も異論はなく、「まったく」とまじめな顔でこたえたものだ。

「でもさ、なんでこの子、こんなへビーメタルな激しいメイクしてんの？　マディはブルース・ロックやポップ・ロックで、メタルじゃないのに」

世利が首をひねった。熱唱する女子の顔には、全体に白塗り、目のまわりには紫の隈取りという、コープス・ペイントがほどこされていた。コープス・ペイントはメタル系のメイク法で、コープスには「死体」という意味がある。

「顔バレしたくないからじゃないかな。派手な衣装着て……って、あれ？　下に見えてるの、これひょっとして制服かな？」

大元が目を細めて画面をのぞきこんだ。歌い手は赤いレザージャケットを着ているけれど、ちらちら見えるスカートは確かに制服っぽくも見える。

「同年代ならますます都合いいじゃん。なんとかコンタクト取れねえかな」と、大元が言い、「メアドやＳＮＳのアカウントはのせてないの？」と世利が条を見た。

「ない。一応、コメント欄にこっちの音源のリンク貼って、連絡くれって書いておいたけどさ。今んとこ反応なし」

「この子、ほかにも動画いっぱいアップしてるな。ファンもけっこうついてるね。ライブはやってないのか？」

「調べたけど、やってないっぽい」

「これ、どっかのスタジオで自撮りしてるのかな」と大元が画面を拡大する。

「えー、ライブもやんないで自撮りだけ？　それってちょっと暗くない？」と世利が眉をひそめた。

「いわゆる自己満足かもね。匿名で動画をアップして評価を得て、家でにやにやしてるだけってのは、確かに暗いかな」

大元は肩をすくめた。

「でもさ、そういうやつだからこそ、仲間とバンドできたら、いきいきするんじゃないかな。本人ギターへただしさ、もったいないぜ」

条はにやりと笑った。歌はカエル以下でも、ギターには自信があるのだ。

「でもどうやってさがすのよ？　都内は広いよ。ライブもやってないんじゃ、噂もひろえないしさ。ブログもやってないみたいね」

ふと、世利は動画のアカウント名に目をとめた。〈corpse_ha_iyada〉となっている。

「ねえ、このアカウント名、コープスは、いやだ……ってこと？」

世利はすぐにcorpseの単語の意味を調べた。コープスには「死体」のほかに、「活気を失ったもの」という意味もあった。

「死体になるのはいやだってことかな。どうも物騒だね」

大元が心配そうに言う。

条は腕を組み、あごをさすった。はじめて動画を見たときから、何かが妙に引っかかっていたのだ。歌い手の声にひかれたのはもちろんだが、でも、それだけじゃない気もしていた。

「活気のない自分はいやだ……って意味かもしれないな……」

ぽつりとつぶやき、条はもう一度、コープス女子の歌う動画を再生した。

3
あやしい袋

その日の学校帰り、条はいつものように地元の繁華街をうろついていた。

高校のある駅と地元はかなり離れている。三葉高校に通う同じ中学出身者の数は少なく、今のクラスに三人いるのは多いほうで、学年全体でも五人くらいのものだった。

そのため、地元では高校の知り合いに会うことはめったにない。

「じゃ、また来ますんで～」

行きつけのショップから出た条は、やや浮かれた気分で空を見上げ、鼻歌を歌いながら歩いていた。すると、ドンッとだれかの肩が胸にあたった。

「きゃっ」

「うわっ」

相手は自分より小柄だったので、はじき飛ばしてしまった。見ると、同じ高校の制服を着た女子が、尻もちをついて顔をしかめていた。

「す、すんません」

制服を見て内心はっとしたが、条はすぐに街路樹のほうに飛ばされた紙袋をひろいにいった。それから顔を上げて相手を確認し、「あっ」と思わず声をもらした。

「あ～、春山ぁ」

ぶつかった相手は春山凜だった。数少ない同じ中学の出身者で、しかもクラスメートだ。

「深見……」

春山凜はこわばった表情で条を見た。若干の気まずい空気が流れる。条と凜は小学校も同じで、小学生時代には仲良く遊んだこともあった。けれど中学校では同じクラスになったことがない。そして高校ではクラスメートとはいえ、おとなしいタイプの凜と目立つ条では、接点があまりなかった。

「あー、ごめんな、オレ、よそ見しちまってて」

ひろった紙袋を凜に渡そうと条は腕をのばした。大きめのアパレルショップの袋だ。わりと重かったので、ふと袋を見た。すると、引ったくるように凜がそれをうばった。

「あ……、やっ、こっちもぼーっとしてたし、ごめん。ありがと」

凜はセミロングの髪をさっとゆらし、条から目をそらした。条はそのあわてたようすに、はて？　と思ったものの、凜の視線が条の持っている荷物に注がれたことで、今度は自分のほうが不自然にあわてることになった。

「あ、うん、いやあの、なんか、久しぶりにしゃべるよな」

声をうわずらせながらも、さりげなく条はかかえていた荷物を背中にまわした。紺色の袋の中にはさっき買ったものが入っている。ビニール製の袋だけれど、濃い色だから中身は見えなかったはずだ。

「そ、そういえば、なんか春山ってさ、最近元気なくない？　ぜんぜんしゃべってないし」

あせっていたせいか、思わぬことを口走った。何を言ってるんだ、とわれながら思う。ほとんど口もきいていないクラスメートなのに、いきなり心配するそぶり。妙に思われただろう。

世利の言った通り、自分は確かにジェントルキャラを演じているのかもしれないな。そんな思いが条の胸を一瞬かすめた。凜とは最近しゃべっていないどころか、中学時代にも交流はなかったのだ。元気がないといったって、おとなしくて目立たないだけで、本人はいたってふつうにしているのかもしれないのに。

へんなことを口走ったな、とうろたえながら、条はあらためて凜を見た。そして、思わず息を飲んだ。凜が目を見開いて、ぎょっとした顔でこちらを見ていたからだ。

「元気ないって……」

そうつぶやくと、凜はうつむいた。そして、

「べつに、なんもないし。深見には関係ないじゃん」

はきすてるように言うと、鋭い目で条を一瞥し、足早に去っていった。


（うーむ、まずったよなあ……）

ベッドに寝転がって、条はぼんやりとスマホをながめた。

SNSの画面をスクロールさせ、凜のアカウントを見る。自分とはフォローしあってはいないけれど、中学時代の知り合いが凜とつながっていたため、アカウントはすぐにわかった。

目を見開いた凜の表情が、どうも頭から消えない。

ジェントルぶってるだの、あるいはキザだのと、影で言われることもある条だが、実際のところ、人を傷つけることを過剰に気にしてしまうタイプというのは確かなの

だ。おそらく、三人もいる姉に徹底的に尻に敷かれて育ったせいだろう。特に女子にいやな顔をされると気に病んでしまう。それどころか、なぜか微妙に怖くなったりする。つまるところ、小心者なのだ。

凛のアカウントをフォローして、メッセージを送ってあやまろうかと思ったが、履歴を見ると凛はかなり前から書きこみをしていない。

「アカウント、使ってないのかもな。まあ……明日学校であやまればいいか」

気持ちを切りかえて体を起こすと、条はブックマークしてあるお気に入りの動画をいくつか見た。

「くぅ～、マジ癒やされるわ。たまらんよな～」

にやにやと笑ってそうつぶやくと、愛する趣味に没頭するため、かたわらの相棒と、紺色の袋を手もとに引きよせた。

4
かすかな記憶

翌朝、条が教室に入ると、すぐに世利が大きく手を振って近よってきた。

「おっはよう、ジョー。コープス女子のこと、あれからなんかわかった？」

クラスの中心人物ともいえる世利は、普段からオーバーアクションで声も大きい。ほかの女子がいっせいに条のほうを見た。

「おい世利、コープス女子とか、あんまでかい声で言うなよ」

「ははっ、女の追っかけでもして調べてるみたいに聞こえるよなあ。ま、内容的にはまちがってないけど」と、あとから来た大元が条の肩をたたく。

「なによジョー、そんなに女子の評判が気になるの？　彼女いませんアピールしとかなきゃって？」

「バカ。そうじゃなくて……」

「ねえねえ」

世利と条のやりとりを見ていたクラスメートが話しかけてきた。西原美和だ。彼女も条と同じ中学の出身だ。

「コープス女子って、なになに？　なーんか、微妙に気になったんだけど」

「ああ、えっと、それは～」

と、世利がブレザーのポケットからスマホを取り出そうとしたので、条はあわてて制止した。

「いや、その、海外のバンドらしいんだ。コープスジョッシュとか、なんとかいったかな～。いいって聞いて調べてるんだけど、まだよくわからんのよ」

「そうそう。オレらもよくわかってないんだ」

大元も加勢してごまかしたので、美和は「へえ～、なんだ。そっか……」と不思議そうに首をひねると、二言三言雑談してから、離れていった。

条はふり返り、軽く世利をにらむ。

「おい、人に知られたら競争率高くなるかもだろ。あのボーカル力だぜ？　プロもねらえるレベルだぜ？　西原んとこは、確か兄貴がインディーズバンドやってんだよ。メジャーもめざしてるって話だ」

「あ、そうだった。ごめんごめん。ジョーの彼女いませんアピールに協力しなきゃと思っちゃって、ははっ」

世利はぺろりと舌を出し、「で、なんかわかったの？　大元も調べた？」と言った。

「そんなにすぐは無理だよ。ハッカーじゃあるまいし、動画見てるだけじゃ身元はわからないなあ。まあでも、オレも昨日は何回も動画見たけど、確かにいい声だね。ジャニス・ジョプリンみたいなハスキーボイスでさ。ひびくよ」

大元の言葉にうなずきながらも、条はちらりと教室の入口を見た。春山凜が登校してきたのだ。

「あ、悪い。ちょっとあとでな」

二人にことわりを入れると、条は凛のほうへ向かった。さっさと席に着いた凛は、うつむいてカバンから教科書を取り出している。

「おっす、春山」

声をかけると、凛は顔を上げ、おどろいた表情を見せた。

「あー、その、昨日は悪かったな。なんか、いいかげんなこと言っちまってさ」

条の言葉に、凛はさっと表情を曇らせた。そして少し顔をふせると、すばやく前後左右に視線を走らせた。なんだろうと思って条も周囲を見る。心なしか、クラスの連中が自分たちをちらちら見ている気はした。しかし……。

「深見、話しかけないで」

鋭い声で凛は言った。「えっ？」と条は小さく声をもらしたが、状況を理解しない

うちに、

「昨日のことはどうでもいい。だから、近づかないで」

と、追い打ちをかけるように言われた。

(おいおい、いったいなんだよ。オレは何か、相当まずいことでもしたのか……?)

首をひねりながら、条は世利と大元のもとへもどった。

「なに、ジョー、春山さんに用事なんてめずらしくない?」と世利が言う。

「や、昨日、地元歩いてて、オレがぼーっとしてたせいで春山にぶつかっちまってさ。そのことをあやまろうと思ったんだけど、話しかけるなって言われて」

条がそう言うと、世利がわけ知り顔でうなずいた。

「春山さん、たぶん悪目立ちするのがいやだったんじゃない?」

「悪目立ち?　なんだそれ?」

「やれやれ、あんたって意外と天然なとこあるのよねえ」

条がきょとんとしていると、世利はあきれ顔で言った。

「ジョー、あんたはクラス一目立つ存在でしょ。そんなジョーがこれまたクラス一おとなしい春山さんに話しかけたら、女子はみんな何ごとかと思うわよ。妬まれかねないしね。彼女は特に、必死に目立たないようにしてるみたいだし」

「目立たないように？　なんでそんなことする必要があるんだよ」

「理由はわかんないわよ。でもとにかく、あの子、友だちつくる気ないみたいよ。どのグループにも属してないし、だれにも話しかけないもの。存在を消そうとしてるみたいな感じね。女子はみんな気づいてて、こっちからも話しかけないようになってるけど」

「へえ……、なんかそれ、キツそうだなあ」

大元が眉をハの字にへこませて言った。

条はもう一度、さっと春山凜を見た。顔を隠すように、髪をたらしてうつむいている。表情は見えない。でも……。
（小学生のころは、確かよく笑うやつだったような……）
条の記憶の中の春山凜は、笑顔が多い。そしてはつらつとした表情で、よく教室で
みんなの前に立っていたような気がする。
（前に立って、それで、えーと、なにしてたんだっけ……？）
「ねえ、それより、コープス女子のことだけど～」
何かを思い出しそうな気がして条が首をひねっていると、世利がスマホを操作し、
例の動画を見せてきた。
「よく画像や動画から身元バレする人って、背景の情報から住んでるとこをわり出さ
れたりするじゃない。このアップされてる動画も、全部よく見たら、なんか映ってる
かもよ？」
「そうはいっても、この動画、全部室内で撮ってるよね。これじゃあな」

大元は動画の音に合わせて机を指で叩き、リズムをとりながら言った。

「部屋っぽい映像もあるよね。時間割とか商店街のカレンダーとかさ、なんか映ってるんじゃない？　地域がわかったら、あのスカートの生地から学校絞りこめそうじゃん。で、学校がわかったら、聞きこみとかできるじゃん」

すっかり探偵気分なのか、世利はやけに楽しそうだ。

けれど条は、春山凛のことが気になって、どうも気分が晴れなかった。


数日後の放課後、地元のファストフード店で、条は一人フライドポテトを食べながら、繰り返しコープス女子の動画を見ていた。依然、正体はわからないままだった。

やっぱりいい。大元の言った通り、夭折したロックシンガーのジャニス・ジョプリンを思わせる、絞り上げるようなハスキーボイスだ。しかも、ジャニスより音域は広い。

条は、歌はへたでも、音を聞き分ける耳には自信があった。コープス女子の歌声には、悲しみや怒りをかかえた者が魂の叫びを絞り出すようなひびきがあると感じていた。それは痛ましくもあるけれど、シンガーとして重要な恩恵が声に宿っているということでもある。ゆくゆくは相当なものになると確信できた。

それに、ギターがへたなのも都合がいい。条はギターをやるからには、絶対に自分がリードギターをやるべきだと思っている。ギターのうまいボーカルだとその点でバッティングするが、このテクニックならギターは持たせないほうがいい。

バンドのほかのパートにも、条は自信があった。世利のベースもなかなかのものだし、大元のパーカッションは中学時代に東京都の大会でナンバーワンにかがやいた腕前だ。そして、長い指を生かしたテクニック派の自分。そこにこのパワフルなハスキーボイスの歌姫を迎えれば、必ずいいバンドになる。想像するだけで興奮した。なんとしてもコープス女子をさがし出したい。

世利の言ったように、何か少しでもヒントを見つけられないか。そう思って、条は繰り返し動画を再生した。

（それにしても……）

目は映像を追いながらも、耳は音に集中させる。やっぱり、何か独特の引っかかりを感じる声だ。この引っかかりがなんなのか、自分でも正体がよくわからない。何か胸の奥をノックされているような感触。この感触のせいで、ますますこの動画の主に会わないといけないという直感が動く。

そう思いながら画面を凝視していると、

「あ、あん!?」

あるシーンで大きな声が出た。あわててスマホをタップし、再生秒数を調節する。

「これ、もしや……まさか……」

目的のものは小さすぎて、何度再生してもよく見えない。

しかし――。

条(じょう)はガタンと席を立ち、残っていたフライドポテトをまとめてほおばると、はやる気持ちで店を出た。

5 口説く

古びた雑居ビルの自動ドアをぬけると、思わずつぶやいた。

「そういや、高校入ってから来てないなあ、ここ」

そこは、中学時代に条が音楽仲間と何度か通った、貸しスタジオの入っているビルだった。当時はギターをやりたがるやつばかりでパートがそろわず、みんな腕も未熟だったし、お遊びのような活動しかできなかった。それでも、高校に入ったらちゃんとバンドをやろうという、条の思いを育んだ場所でもある。高校に入ってからは学校の最寄り駅にあるスタジオで練習していたから、ここに来るのは中学卒業以来だ。

エレベーターに乗り、条はスタジオのある階で降りた。受付で手続きをし、目的の部屋を指定する。

「鍵開けてきますんで、ちょっとお待ちください」

スタッフにそう言われ、条は受付のソファに腰をおろした。しばらくすると、近くのトイレのドアが開き、中から制服姿の女子が出てきた。

「春山!?」

思わず大声が出る。うつむきがちにトイレから出てきたのは、春山凜だったのだ。

このあいだぶつかったときのように、凜は条の姿を認めて大きく目を見開いた。その瞬間、条の頭の中で、いろいろな回路がふいにつながった。

「は、春山、ちょ……ちょっと」

しかし、言いかけたところで、凜は条の前を走りぬけようとした。

「ちょっ、待ってくれ！　おい、待てよ!!」

条は思わず強い力で凜の腕をつかんだ。その拍子に、ばさっと大きな紙袋が床に投げ出される。袋の中から赤いジャケットが床に飛び出した。

「春山、おまえ！」

つい興奮して条はそう言うと、強引に凜のあごに手をそえ、自分のほうへ顔を向けさせた。ふり乱れた髪のすきまから見える頰に、白塗りのペイントのあとがかすかに残っていた。

「そのペイント……」

カビ臭く狭いスタジオの中で、条は床に頭をすりつけた。

「さっきはごめん！」

ここは個人練習用のいちばん安い部屋だった。条が中学時代にひたすらギターの練習に明けくれていた部屋だ。春山凜は不機嫌な顔で腕を組み、土下座する条を見下ろしている。

「いったいなんなの？　そこどいてよ。でかい体でドアふさがれたら出られないじゃない。監禁でもするつもり？　っていうか、まさか……」

襲われでもするんじゃないか、そう思ったのか、凜の顔色が白くなっていった。条はあわてて立ち上がり、大きな手をばたばたと振る。

「いや、ちがう！　誤解だよ。誓ってへんなことはしないから信用してくれ!!」

凜はくちびるをかんで条をにらんだ。腕をつかんで強引に狭い部屋につれこんでおきながら、信用しろと言うほうが横暴なのは確かだ。

けれど条は凜を説得しなければならなかった。すーっと息を深くすいこんで、何を最初に口にすべきか、言葉を慎重に選ぶ。

「心がふるえたんだよ。おまえの歌声に」

ゆっくりとそう口にしてみると、なぜか自然と肩の力がぬけ、条は笑顔になれた。このひとことで、伝えるべきことを伝えられた気がしたのだ。

けれど、凜のほうには正確に伝わったとはいえなかった。おびえたような目で条を見ている。

「なんのこと？」

小さくつぶやいて、凜はすぐにはっと息を飲んだ。床に置いた紙袋に目をやり、それから自分の頬に手を触れる。

「そうか、さっき顔にさわったのは、メイクを……」

「そうだよ。コープス・メイク。あの動画、おまえなんだろ？　春山」

青白かった凜の顔色が、今度はみるみる赤くなっていく。両手で顔をおおい、くずれるようにその場にへたりこんだ。

「あー、さいあく」

凜は大きく首を振った。

「教室で、どうでもいいことをわざわざ話しかけにくるし、いきなり腕つかむわ、顔さわるわ……。まさかと思ったけど、惚れられでもしてんのかと思ったわよ」

絶対拒否だけどさ、と恨みがましそうな声で続ける。

「いや、惚れてるよ。おまえの声にな」

条はにやりと笑って言った。

「なんでわかったのよ」

警戒心をあらわにしてにらんでくる凛の視線をすっとはずすと、条は部屋の隅にある古いアンプを指さした。

「これ、オレが中学のときに貼ったんだよ」

条の指がさした先、スピーカーの縁に、モノクロの写真らしきものが貼ってあった。ショップカードくらいのサイズだ。

「ジミヘンの写真。ネットでひろった画像をプリントして、ふざけて貼ったんだ。裏に、高校行ったらバンドやるとかなんとか、書いたっけな」

ふんっと、凛は鼻を鳴らした。

「青くさっ。それが動画に映ってたって？　そんな小さなものが？」

「ああ。さすがにその時点では、コープス・メイクが春山だなんてわからなかったさ。でも、まだこの写真があるか確認しようとここに来てさ。そしたら入口でおまえを見た。その瞬間、思い出したんだ」

条はまっすぐに凜を見て言った。

「春山、おまえ、小学生のころはよく楽しそうに歌ってたよな。音楽のテストでも、おまえだけすっげえ楽しそうでさ。なんかその映像が、一気に頭に流れてきたんだわ」

凜の瞳が、一瞬ふわっとふくらんだ。心なしか、潤みを帯びているようでもある。

（まちがえたくない）

条はそう思った。自分の耳を通じて心がキャッチしたかすかな直感を、ちゃんと伝えなければならない。

「春山、おまえ本当は小学生のころみたいに、思いっきり歌いたいんじゃないか？

でも、何かが心の中にたまってる。あの歌声を聴いてると感じるんだ。こいつは、どっかにつれ出して、声を解放してやらなきゃならないってさ」

自分の心に引っかかっていたのはそれだったのかと、条は、みずから確認するように話していた。小学生のころの凜の声も、頭の奥にちゃんと記憶されていたのだ。ただ、かつての声と今の声、同じ凜の声でも大きくちがうものがある。

凜はうつむいて、両手で自分の肩を強く抱きしめている。かすかにふるえていた。ただごととは思えなくて、条はおそるおそる凜のそばへよった。

「クールジェントルだっけ？　クラスの女子の評価では……」

顔を上げ、苦々しげに凜は言った。嫌味のつもりだった。けれど、

「どこがって感じだよな。はあ～」

条は怒るでもなく、情けない声を出して頭をたれた。

それを見て、凜はふいに力がぬけていくのを感じた。

壁に背をあずけて足をのばし、凜は天井を見た。そばにいる人間のジェントルな態度が、たとえただのキャラ設定にすぎないのだとしても、それでもいいから、すがりたくなっていた。だれか一人でいいから、話を聞いてもらいたい。ずっと、そう思ってきたのではなかったか——。

紙袋からこぼれた赤いジャケットを見る。

かかえこんだ苦痛を、偽りの自分を通すことでしか表現できないなんて。

そんなむなしいこと、もう、やめにしたかった。

6
彼女は有罪、彼女は死体

スタジオの防音壁にもたれて、条と凛はならんですわっていた。

「小さいころから、歌はいつも近くにあった」

かすれた声で、凛は言った。

「母親がシンガーだったの」

「へぇ、ジャンルは？」

「ジャズとかブルース。まあ、そんな売れてるわけでもなくて、ホテルのイベントやバーに呼ばれて歌うってくらいのレベルだけどさ。でも、おかげであたしは赤ん坊のころからいろいろつれまわされて、ママの歌はたくさん聴いた」

「そんでか。おまえ小学生のとき、一人だけノリがちがってたもんな」

ふっと条は笑った。そういえば小二のころ、凛は音楽のテストで先生の弾くピアノの前に立つと、ジャクソン・ファイブばりの声量で課題曲を歌い上げたことがあった。びっくりしてポカンとしたことをぼんやり思い出す。

「ママは小五のときに病気で死んじゃったけどね」

「そ、そっか、じゃあそれで……」

うろたえて、条は声をうわずらせる。凛を追いつめていたのは、母親の死だったのかと思ったのだ。けれど、「ちがう」と、凛は激しく首を振った。そして、苦しそうに顔をゆがめると、

「You are guilty. You are a corpse.」

と言った

「え?」

力なく発せられた言葉を、条は頭の中で復唱した。ギルティ、コープス……。

「あっ、まさか！」

目を見開いて凜を見る。

「おまえは有罪、おまえは死体。呪いの宣告よ」

凜は暗い声で言った。

条はごくりとのどを鳴らした。中三のころだ。噂は聞いたことがあった。どこかのクラスで残酷なゲームがはやっていると。You are guilty. You are a corpse.——その宣告を受けた者が、ある日突然、いけにえの羊にされるのだと。

「だれが始めたのかもわからないらしいぜ」と、つるんでいた仲間の一人が、どこかにやけた表情で耳打ちしてきた。が、条にとってそれは他人事だった。いじめとは無縁のポジションを確立していたし、何より音楽に夢中で、ほかのことにはあまり関心がなかったのだ。

「はじめはSNSから始まったの。クラスのほぼ全員のアカウントに、正体不明のアカウントからメッセージが届いた。まるで新種のウイルスみたいだったわ。『You are guilty. You are a corpse. この宣告を受け取った者は罪人である。決して罪人と口をきいてはならない』そう書いてあった」

「春山のクラスのやつにだけ届いたのか?」

「そうよ。はじめはみんな、スパムメールみたいなものだと思ってたし、当然、SNSをやってない子はメッセージのことは知らなかった。それが……」

「だれかが、宣告を受け取った……?」

こくりと、凜はうなずく。

「SNSをやってなかった子の机の上に、ある日、一枚の紙が置かれていた。黒いマジックで、『You are guilty. You are a corpse.』と書かれた紙よ。不気味だった。でもその子は、ほがらかな声で言ったの。なにこれ、どういう意味? なんかの曲名? ってね」

「曲名か……。まあ、知らなきゃそう思うよな」

「どこからか、いやな笑い声が聞こえたわ。その日のうちに、また正体不明のアカウントから、『スマホを持ってないなんてダサい』とか、『罪人をかばう者は、その罪によって罪人となる』とか書かれたメッセージが来た。ウイルスはまたたく間に広がったわ。最初のいけにえが地味な子だったせいか、みんな平気でその子を無視しだした。だれがやってるかわからないっていう不気味さが、ゲームみたいでおもしろくて、みんなを興奮させたのかもしれない。そのうち、最初の罪人の子は学校に来なくなった。でも、それで終わらなかった」

　くちびるをふるわせ、凛は荒い息をもらした。

「次の罪人は男子だった。授業中にくだらないギャグを言って、ちょっとクラスがしらけたの。理由はそれだけ。翌朝には、『You are guilty. You are a corpse.』の紙が、その男子の机に何枚もべたべたと貼られてた」

「うう……」と条はうめき声をもらした。登校したら、机に有罪を宣告する紙が何枚も貼られている。狂気じみた光景だ。ひょっとしたら、その紙は複数の者によって貼られたのかもしれない。最初の紙が貼ってあるのを見た者が、次の紙を貼る。それを見ただれかが、またふざけて貼る。そうやって物事はエスカレートし、軽いいたずら心が魔物を呼ぶ。

「それからターゲットは二、三人かわったかな。悪目立ちすると宣告されるってことがだんだんわかってきた。だからみんな、戦々恐々としたわ。でも一方で、ゲームを楽しんで興奮もしてた。いじめは、だれがやったかわからないようにやるのが鉄則だった。靴やお弁当をすてたり、教科書をやぶいたり。クラスの中のだれのしわざなのかわからないぶん、いっそう不気味だった」

「それで……、おまえもターゲットに？」

条の声に凜は顔を上げ、遠くを見るように目の前の壁を見た。

「あたしのママは、そんなにうまいシンガーでもなかった。でも、心から歌を愛してる人だったの。ジャズもブルースも、しいたげられて苦しんだ人たちの魂をなぐさめるために生まれた音楽なんだって、教えてくれたわ」

ああ、と条はうなずいた。ジャズやブルースは、黒人が生み出した音楽だ。白人から差別を受けていた黒人は、その悲しみや怒りを音楽として表現し、文化として昇華させた。条の愛するジミ・ヘンドリックスも、黒人蔑視と闘いながら頭角をあらわし、やがて人種を超えて世界中の人々を魅了する伝説のロックスターとなったのだ。

「あたしもママと同じで歌が好き。歌は人をなぐさめたり、元気づけたりするものでしょ。そんな歌を歌いながら、苦しんでる子を見て見ぬふりするなんて、できないと思った。だからあたし、言ったの。もうやめようって、こんなの異常だって。そしたら……」

続きは、聞かなくてもわかった。

「You are guilty. You are a corpse. この者は最後の罪人、最後の死体である。徹底的に罪をつぐなわせる」

条は思わず目をつむった。最後の罪人。それは、決定打として指定されたことを意味しただろう。悪意を飲みこんでふくれ上がった魔物は、春山凜を餌食に、最後のひとあばれをすることに決めたのだ。

「集中砲火だった。味方は一人もいなかった。ＳＮＳで、だれのものかわからないアカウントが次々につくられ、どんどんメッセージが来た。『いなくなれ』『おまえは死体だ』って。そのうち、クラス中が公然と攻撃してくるようになった。もう、だれかわからないように、なんてルールも消し飛んだ。いくつも物は壊されたし、それに……」

あたし、サンドバッグみたいだった——。

そう言うと、凜はひざをかかえ、しずみこむようにうつむいた。

手負いの猫のように背中を丸めている凜の横で、条は何を言うべきかわからなくて、自分にいら立ちを感じた。

もし自分が凛のクラスにいたら、はたしてバカげたゲームを止めようとしただろうか。攻撃する側にまわらずにいられたのか。凛のように、「やめよう」と言うことができたのか。

わからない。条は中学時代、恵まれた友人関係の中で、音楽だけに夢中になってすごしていられた。いじめの噂を聞いても、「ふうん」という程度の反応しかしなかったのだ。

(情けないな……)

心の中で、条はつぶやいた。動画の主の声には痛みが宿っている、なんて知ったふうに思っていたけれど、自分はどれほど凛の痛みを理解できるというのか。

「コープスはいやだ……か」

「え？」

「アカウント名だよ、おまえの」

条は、かたわらでうつむいたままの凜を見て言った。

「あのコープス・メイクは、春山にとって、変装であると同時に、主張であり、心の叫びだった。ちがうか？」

ぴくりと、凜は肩をふるわせた。

「自分は死体じゃない。死体はいやだ。そう叫びたかったんじゃないのか？」

体勢をかえ、条は凜のほうを向いてひざを折った。そして、床に手をつく。

「なあ、春山。一緒にバンドやらないか？　オレ、本当におまえの声に惚れてる。おまえの声を解放してやりたいんだ」

動画に感じた引っかかりは、いくつもの層をなしていたのだ。昔の記憶、叫び、メッセージ。今や条は、自分は春山凜を解放するために、あの動画に出会った気すらしていた。そうすべき役目が自分にはあるのだと。けれど、

「だ、だめ！」

凛は激しく首を振った。

「なんでだよ？」

「目立ったら、またひどい目にあう。同じクラスに、中三で一緒だった子がいるの……」

「同じクラス？　そうか、西原美和か」

なるほど、と条はうなずいた。美和があのとき、コープス女子という言葉に反応したのはそのためだったのか。

「高校に行ったら、かわろうと思ってた。また昔みたいに歌いたいって。ママを悲しませないためにも、やり直そうって。だけど、呪いはまだ有効だった」

いじめが始まったとき、凛はもちろんＳＮＳをやめようとした。でも、退会すればもっとひどいことをするという脅しもあった。正体不明アカウントから送られる悪意のメッセージはすぐに削除され、また、そういったダミーアカウントはすぐに消えるので、いじめの証拠を残すこともできなかった。中学を卒業すると、さすがに中三のクラスメートのフォローは全部はずした。けれど、高校に入学して教室に入ったら、そこに西原美和がいたのだ。

　全身が凍りついた。美和は、表立って凜をいじめていたわけではなかった。どちらかというと傍観者だった。けれどＳＮＳで、美和が中学の同級生とやりとりしているのを目にしてしまったのだ。

――高校のクラス、だれか同じ中学の子いたー？

――いたよ

――えー、だれだれ？

――うーん、人気者のＦ。それと、中三で同クラだったＨ。

――うわ！　マジ？

――マジマジ～

内容はそれだけだ。けれど、凜の心をつぶすにはそれで十分だった。美和を通して中学時代のことが、今のクラスに知れ渡ったらと考えると眠れなくなった。

「目立たないように、息を殺してすごしていた。またあんな目にあいたくなかったから。これじゃ本当の死体みたいだなって、そう思った」

「そうか……」

ぽつぽつと語る凜の横で、条はあせりといら立ちのまざった思いを感じていた。

（ここで自分が言うべきことはなんだろう。「だめ」だって？　なら、なぜおまえはあんな動画を撮影し、公開していたんだ？　だれかに見つけてもらいたかったからじゃないのか？　歌声を、認めてほしかったんじゃないのか？「コープスはいやだ」とは、つまり活力のない自分はいやだってことだ。なら、活力を得るために、おまえに必要なものはなんだ？）

条はしばらく考えあぐねた。そして、

「守るよ」

そう、ぼそりと言った。

「オレが……、いや、オレらが、春山を必ず守る。オレと大元と世利と、あー、つまり、バンドの仲間がさ。おまえを守るから」

ほんの少し、凜は顔を上げた。よし、反応ありだ。

「おまえに必要なのは、たぶん仲間だ。なあ、楽しくやろうぜ。そんで、もう一度生き直すんだ」

そう言うと、条は凜のほうへ手を差し出し、握手を求めた。

7　本格始動

高校の最寄り駅にある貸しスタジオの部屋のドアを開けると、先に来て練習をしていた世利と大元が手を止め、条たちを見た。

「おう、つれてきたぜ」

「マジか～、すげえなジョーくん、やったな」

大元は大きく笑い、ドラムスティックを持ったままバンザイをした。世利は一瞬、ややポカンとした表情をし、「やっぱりマジで春山さんなんだ。すごい偶然もあったもんよね」と言った。

条の後ろに隠れていた春山凜は、おずおずと前に出てくると、「よろしく」と弱々しい声で言った。

数日前、条は世利と大元に、コープス女子が春山凜だったことと、それがわかった経緯について話した。二人ははじめ、動画の主がクラスメートだったというできすぎた偶然を信じなかった。けれど、

「オレが見つける運命だったんだよ」

と言う条の自信たっぷりの態度を見て、肩をすくめて苦笑した。

条は凜の中三時代のことについては話さず、「ちょっといやなことがあって、それで目立たないようにしてたらしい」と言うにとどめた。世利は軽く首をひねったけれど、「へえ」と言っただけで深くは追及してこなかった。

「さあ、ようやくバンドも本格始動だ。とりあえず、まずは文化祭のステージを目標にしよう。その後は、ライブハウスにもガンガン出ていこうぜ」

はりきった声で言い、条はギターを手にした。ようやく夢だったバンド活動が始まる。ワクワクした。

絶対うまくいく。そう思った。

——しかし、四人で音を合わせて数曲目の演奏中、

「ちょっとちょっと、ごめーん、止めて止めてー」

世利が手をあげて演奏をストップさせた。

「ごめん、休憩にしない？　トイレ行きたくなっちゃって」

ベースをスタンドに立てると、世利はドアのほうへ向かった。凜が不安そうな目で見ていたけれど、それには気づかないふりをした。そして、

「ジョー、ちょっと」

と、あごを振って条を呼んだ。

「あ？　ああ」

条はあわてて世利のあとを追った。

ビルの外に出ると、二人は近くの自販機へ向かい、炭酸飲料を買った。ペットボト

ルのキャップを開けながら、世利は言った。

「あの子、大丈夫なの？」

「う……」と条は押し黙った。世利の言いたいことはよくわかっていた。凛はまったく声が出せていないのだ。音程も安定せず、あの動画とは雲泥の差だった。

「べつに、春山さんがコープス女子かどうかってことまで、疑うわけじゃないわよ。緊張してるせいかもしれない。慣れたら大丈夫なのかなとも思う。でもさ、あれに合わせてたら、こっちの調子まで狂っちゃってさ」

「あー、うん……」条はうなだれて頭をかいた。

「文化祭まで時間ないし、ほかのパートで音を合わせてるあいだ、しばらく個人練習にしてもらったらどう？」

「う、うーん」

「それにさ、条からバンドメンバーに入れるって聞いてから、一応教室でも彼女に話しかけてみたんだけどさ、ほとんど反応ないのよね。かと思えばあのコープス・メイクでしょ。なぞキャラっていうか……。あっ、ねえ、彼女ひょっとしたら、あのメイクじゃなきゃ歌えないいんじゃないの？　っていうか、そもそもなんであんなメイクしてたのよ。ジョー、何か知ってるの？」

「いや、その、えーっと」

問いつめるような目で世利に見られて、条がたじろいでいると、「おーい」と大元の声がした。頭をかきながら、こちらへ歩いてくる。

「まいったよ、春山さん、話しかけてもぜんぜん口きいてくれなくてさ。気まずくなって、トイレ行くふりして出てきちゃったよ」

世利が、ほらね、という顔をした。

条は世利の視線からのがれ、手の中のペットボトルを見つめた。凛に「おまえを守るから」と言ったことを思い出す。

「あのさ、もう少しだけ、ようすを見させてくれないか？」

そう言うと、条(じょう)は炭酸飲料を一気に飲みほした。

8　条の決意

世利は、条にはああ言ったものの、なんとか凜に心を開いてもらおうと努力していた。教室では、休み時間も一人で席にすわっている凜のそばへ行き、何かと話しかけていた。

「ねえ、このマディのライブDVD、セットリストが最高でさ。見てみない？」

「あ……その……」

けれど、凜はうつむいて口ごもるばかりで、会話はいっこうにはずまなかった。

凜は条となら、ときどきとはいえ会話をしている。

（つまり、あたしは嫌われてるってわけか）

世利がそう思うのも仕方なかった。

「ねえ、世利ちゃーん、ちょっと」

近くにたむろしていた女子グループに呼ばれて、世利は凜のもとを離れた。行ってみると、「ねえ、なんで最近、春山さんによく話しかけてんの?」と聞かれた。

「春山さんさあ、最近、ジョーくんともたまにしゃべってるじゃん。なんか、超おとなしいキャラだったのに、意外だなと思って」

なるほど、聞きたいのはそっちのほうかと、世利は鼻を鳴らした。そして、

「べつに、音楽の趣味が合うってわかってね」

と適当にこたえた。

凜のほうはというと、このとき、世利たちのほうを見て血の気が引いていくのを感じていた。

たむろしている女子たちの中に、西原美和がいたからだ。もしかしたら美和は、中学のときのことを世利に話しているのではないだろうか……。

凜は絶望的な気分になった。やっぱり目立ったのがよくなかったのだ。気にくわないと思われたのだ。そう思うと息が苦しくなって、指先まで冷えていくような心地がした。

窓際の席では、条がほかの男子たちとしゃべりながら、凜や世利たちのようすをちらちらと見ていた。

そして、文化祭も二週間後に迫った、スタジオでのバンド練習日のこと。世利と大元は先に来ていて、あとの二人を待っていた。

「いいから、とにかく中までは来いって。頼むから！」

ドアが細く開いて、条の声が聞こえてきた。やがて条に強く腕をつかまれ、凜が引きずられるようにスタジオの中に入ってきた。

「頼むよ。もう少ししたらきっと慣れる。歌えるようになるって」

情けない声を出す条を見て、世利と大元は顔を見合わせた。

するとが、「あの、あたし、バンドやめさせてもらいます。やっぱり歌えないし、迷惑かけちゃうから。それじゃ……」と言い、ドアを開けて出ていこうとした。

「ちょっと、待て！　待てって！」

あわてて条が凜の腕を引っぱり、強引にドアを閉める。

「あのさぁ、もういいかげんにしてくんない？」

二人のようすを見ていた世利が、うんざりした声を出した。

「ねえ、ジョー、本人が歌えないって言ってるんだし、無理にやってもらうことないじゃない。なんでそこまで春山さんにこだわるのよ？」

「そ、それは……」

条は一瞬言葉をつまらせたが、すぐに顔を上げて言った。

「オレ、こいつと小・中と一緒だったんだ。小学生のころ、こいつはみんなの前で大声で歌って、すげー楽しそうだったことをよく覚えてる。だから絶対、今に歌えるようになるって思ってるんだよ」

「へえ、じゃあジョーくんと春山さんは、幼なじみってわけか。そりゃ奇遇だね」

大元は場をなごませるように笑うと、続けて言った。

「まあ、いつか歌えるようになるってのはわかったよ。それは待とうよ。ただ、問題は文化祭かなあ。すでにエントリーしちゃってるし」

「そうよ、文化祭よ」と言ってから、世利は「あっ！」と手を打った。

「ねえ、あの動画みたいに、コープス・メイクをすればいいんじゃないの？　あれ、キャラをつくれば歌えるとか、そういうことでしょ？」

「そ、それは……ダメ」

ずっと黙っていた凜は、絞り出すような声でそう言うと、首を横に振った。「あたしは……コープスじゃない」と、つぶやいてうつむく。

「なによそれ、ずいぶんわがままじゃない」

いら立った声で世利は言った。

「だいたい、あたしの何が気にくわないのか知らないけど、教室では話しかけてもしゃべんないし、かと思えば、ネットでは派手なメイクしてノリノリの動画なんか上げちゃってさ。なにキャラつくってんの？　わけわかんない」

ふんっと鼻を鳴らし、世利はさらに続けた。

「ああ、そっか、あんたもしかして、ジョーねらいなんじゃないの？　だからいろんなキャラ演じて、かまってもらおうとしてるってわけだ。ジョーがジェントルだからって、調子のってんじゃないの？」

その言葉に、凜は思わずカッと頭に血をのぼらせた。

「あ、あんたに、あんたに何がわかるっていうのよ!!」

大声で言うと、凜は今度こそスタジオを出ていこうとした。けれど、条に腕をつかまれ、止められた。

「ちょっ、待てよ春山(はるやま)！　おまえら、世利(せり)と大元(だいげん)も聞いてくれ！　そして、これを見てくれ！」

そう言うと、条(じょう)は手に持っていた紺色(こんいろ)の袋(ふくろ)をつき出した。

「なあ、世利(せり)、だれにだって、人に言えない秘密(ひみつ)のひとつやふたつはあるもんじゃないか？　いろんなキャラクターを演じ分けることで、自分を守ったり、自分の傷(きず)を癒(い)やそうとすることだってあるだろう。っていうか、だいたいキャラってなんだよ？　だれだっていろんな面を持ってる。そのいろんな面が集まって一人の人間をつくってる。それだけのことじゃないのか？」

「それは……」と、世利(せり)は言葉をつまらせた。

「なあ、世利(せり)、大元(だいげん)、それに春山(はるやま)、オレにも、ずっと隠(かく)してた別のキャラがあるんだ。その、ええっと……」

条は何かを振り切ったような表情をすると、袋に手をつっこんで中のものを取り出し、

「これを見てくれ！」

と言った。

「はあ!?」

条の手につかまれたものを見て、世利と大元が同時にすっとんきょうな声をあげた。

凜も目を大きく見開いて、それを見ている。

「猫……と、ふ、ふくろう……？」

いぶかしそうな顔をして、世利が言った。

「そうだ。羊毛フェルトのぬいぐるみだ。オレがつくった。その……趣味なんだ」

条の言葉に、「あっはっは」と最初に声をあげて笑ったのは大元だった。世利も思わずふき出してしまう。

「ちょっとー、まさかジョー、あんたクールジェントル気どってるけど、もしかして、

隠れオトメンだったって、そういうこと?」

「う……まあ、そういうこと、かな」

条は顔を赤くしてうなずく。オトメンとは、乙女のような趣味を持った男という意味だ。

つまり、条には愛する趣味と、その趣味に欠かせない大事な相棒がふたつあったのだ。ひとつは音楽を奏でるためのギター。そしてもうひとつは、羊毛フェルトでぬいぐるみをつくるための、ニードルという棒針状の道具だ。

「そのぉ、小さいころから、三人の姉貴と遊んでるうちに、くせになっちまってさ……」

条にとって姉たちは恐ろしい存在だった。小さいころはよく、女のかっこうをさせられたり、ままごと遊びにむりやりつきあわされたりした。おまけによく泣かされたものだ。それですっかり、女と見るとつい機嫌をとってやさしくしてしまうくせがついたのだ。手芸も、手先の器用だった条が、姉たちを喜ばせるためにやらされていたものだ。それが、編み物、ししゅうと、いろいろチャレンジさせられているうちに、自分から夢中になってつくるようになっていった。

「それにしても、その猫とふくろう、妙にリアルね？　かわいいっていうか、本物っぽい」

笑いをかみ殺しながら世利が言うと、条の顔がぱっと明るくなった。

「だろ？　いい感じだろ？　人気の動物動画に出てくるやつらなんだよ」

「ちょーかわいいんだよ。癒やされるわ～」と、条はデレデレした顔で動画を三人に見せた。音楽動画のほかに、動物動画を見まくるのも条の日課なのだった。

「確かに似てるよ。こりゃ、すごいクオリティだね」と大元がうなずく。

「ジョー、あんた筋金入りのオトメンなのね。でも、なんで隠してたのよ」

くつくつと笑いながら、世利は条の背中をたたいた。

「なんでって、そりゃあ、ロックバンドのギタリストの趣味が手芸なんて、そんなのイメージ壊れるだろ。ファンがつかなくなると困るし……」

もじもじした条のようすを見て、世利と凜は、思わずお互いの顔を見合わせた。そしてついにはふき出し、凜まではじけるように笑った。

「あっはっは。笑えるー。でもさあ、ジョー、あんたまちがってるから！」

「へっ？　まちがい？　な……何がだよ？」

世利の言葉に、条はギクリとしてぬいぐるみを胸元に引きよせた。

「あんたはファン心理ってものがわかってないのよ。つまりさ、あんたみたいな顔のいいクールジェントルな男が、じつは手芸好きのオトメンだなんてことがわかったらさあ、逆にノックダウンされるファンもたくさん出るっての」

「ギャップの魅力ってやつよ。ねえ？」と言い、世利は凜のほうを見て笑った。凜は一瞬戸惑いを見せたけれど、くくっと笑って、「だよねえ」と世利にあいづちを打った。

二人が笑いあっているのを見て、今度は思わず条と大元が目を合わせて笑った。それから条は、両手のぬいぐるみをかかげて言った。

「そっか、ギャップか。うん、だな。なあ春山、春山もひとつ、ギャップってやつを見せてやろうぜ」

「えっ？」と、凜はおどろいた顔で条を見る。

「やっぱり春山は、ステージでコープス・メイクじゃない姿のまま歌うべきだよ。そんで学校のやつらに、新しいおまえを、ギャップってやつを見せつけてやろうぜ。きっと、おまえのファンが激増するよ」

「まちがいない」と条が力強く言うと、「なるほど。その考え、いいよね」と、世利もうなずいて凜を見た。

「ああ、オレも、春山さんがあの声で思いっきり歌ってるバックでドラム叩けたら、うれしいなあ。最高にいい演奏ができそうだよ」

大元がおおらかな声で言い、にっこりと笑う。

凜(りん)はメンバーたちの顔を順番に見た。

泣きそうだった。

けれど、なんとか涙(なみだ)がこぼれないようにこらえた。そして、胸(むね)に手をあてて深呼吸(しんこきゅう)をすると、

「うん、わかった。あたしがんばる。歌わせてほしい。一緒(いっしょ)に、バンドやらせてください」

と言った。

9 新しい仲間

「バンドをやりたい」と宣言してからも、凜はすぐに声を出せるようになったわけではなかった。それでも、凜がつまずくようすを見ても、大元と世利は、もういら立ちを見せることはなかった。

「何回でも演奏止めていいから、とにかく満足のいく声が出るまで、同じフレーズを何度でもやろう」

そう言って、世利は凜の肩を叩いた。

大元は凜の背後にひかえて、いつでもおおらかに笑ってくれた。そして条は、凜がうまく歌えなくて落ちこんでいると、ぬいぐるみの動物たちを取り出して笑わせてくれた。

新しい仲間ができたという実感が、凛のこわばった心を次第にほぐしていった。

心がやわらかくなっていくほどに、声は遠くまでのびていく。

「もう、メイクがなくても大丈夫だと思う」

文化祭の前日、いつものスタジオで、凛はきっぱりと言った。

メンバーたちは、互いに顔を見合わせてうなずきあった。そして条のギターリフを皮切りに、最後の通し練習を始めた。

文化祭当日、ライブ会場の体育館には、条たちのバンドをめあてに多くの観客がつめかけた。

条の人気もあってか、同じクラスの生徒はほとんど顔をそろえている。

メンバーの演奏は息が合っていて勢いもよく、大いに会場をわかせた。けれど、とりわけ観客を魅了したのは、なんといっても春山凛の歌声だった。天井をつきぬけるかと思うほどのパワフルな声、情感のこもった熱唱は、聴く者の心をふるわせた。

「すごくない？　だれあの子？」

「春山さんじゃん！」

「マジ!?　かっこいい！」

そんな声があちこちから聞こえた。

やがて演奏は終わり、盛大な拍手を浴びながら、メンバーたちはステージからおりた。さっと一番に凜のもとへかけよったのは世利だった。

「凜、あんた最高だった！」

泣きだしそうな顔をして、世利は腕をのばして凜を抱きしめた。

「うん、ありがとう」

凜も世利の背中に手をまわす。

その言葉通り、凜は世利に心から感謝していた。あんなふうにメンバーと気持ちをぶつけあわなかったら、きっと、過去を振り切れなかっただろうと思う。
抱きあった姿勢のまま、凜は首だけをまわして周囲を見た。
すぐそばで、大元と条が肩を組みながら、大きな笑顔を見せてくれていた。

解説

心理学者　晴香葉子

◎いじめてやりたい、仲間はずれにしたいという欲求

わたしたちは、「いじめや仲間はずれは良くないこと」であるとわかっています。自分がされれば、悲しいし、つらいし、どうすればいいかわからずに、ひどく苦しむものです。多くの人が、悪いことだと知っていて、される側の気持ちも痛いほどわかっているのに、どうしていじめや仲間はずれはなくならないのでしょうか……。実は、いじめや仲間はずれという行動には、わたしたち人間に備わった本能的な欲求や機能がかかわっていると考えられています。

◎人とつながる力、人を排除する力

人間は、それほど屈強とはいえない体つきをしているのにもかかわらず、地球上で食物連鎖のトップに君臨しています。それは、人間が長い年月をかけて、仲間としっかりとつながって、協力しあい、敵となる存在をとことん排除してきた成果でもあります。わたしたち

は、人とつながる力だけでなく、排除する力も持って生まれてきます。どちらも人間が生き抜いていくために必要な能力であり、危険がいっぱいであった狩猟採集時代に大きく発達した機能だと考えられています。

◎手を差しのべるむずかしさ

狩猟採集時代、孤立して行動するのはたいへん危険なことでした。自分が孤立しそうだと感じると強烈な不安感に包まれるのは、その名残りだと考えられています。ですから、だれかが疎外されているところを見ると、助けたいという気持ちが浮かぶ一方で、「かわいそうだけれど、自分じゃなくてよかった」とか、「気の毒だけれど、巻きぞえはごめんだ」などと感じてしまい、手を差しのべる機会を逸してしまうことがあります。

◎孤立しても、実は大丈夫。ゆったり構えて、自分の道を探そう

孤立することへの不安感は強烈ですが、今は狩猟採集時代ではありません。安全な家や部屋、在宅でできる仕事、自動販売機やコンビニエンスストアもあり、〝孤立＝死の危険〟ではありません。

いじめや仲間はずれのない社会をつくる第一歩として、「今の時代は、孤立しても実は大丈夫！」ということをまずは知っておきましょう。人生の中で、少し孤立する時期があっても、自分の好きなこと、自分の進みたい道を探し続けることが大切です。今いる場所が違ったとしても、心の通う仲間やあなたの居場所は、いつか必ず見つかります。

トランスフォーム×ハイスクールⅡ

彼女(かのじょ)の仮面

陣崎草子

1 あこがれの人

条、世利、大元、凜の四人によるバンドの演奏は、文化祭のステージに熱狂をふりまいて終わった。ステージの近くで、一時は仲たがいしかけたこともある世利と凜が、肩を抱きあって涙を見せていた。

しかし、会場のはしのほうには、苦虫をかみつぶしたような顔をして、熱狂にまざらずにいる者もいた。

やけに背が高くて目立つ四人の女子が、とげのある声でささやく。

「ああいうの、微妙にシラけない？　陶酔しててキモいっていうか」

「ねー、ほんとあの子、調子のってんよね」

「なんだろうね、この、見てるとなんか無性にイライラしてくる感じ。五軍のボールひろいのくせにさ」

「あのギターやってた深見条とかいうのが、えらい人気あってさ。そいつにとり入ってるってんで、一応、クラスでは中心グループにいるらしい」

「ああ、聞いた～。なんか、クラスではけっこうえらそうにしてるらしいじゃん、あいつ」

「ねえ、ひょっとしたらさあ、うちらの部に入ってることも利用してんじゃん？」

「あ～、それ絶対ありありだわ。だってうちらの部、地位高いし」

「でもそれってさあ、だれのおかげでそうなってんのって話だよね」

「それ、マジ言えてる！」

ふいに、はじけたように笑いがおこった。ひとしきり笑いあうと、四人はそろって、にらむようにステージ脇を見た。

その視線の先には、クラスメートと談笑している有本世利の姿があった。

世利は高校受験のとき、志望校を三葉高校一本にしぼっていた。

なぜなら、三葉高校は大好きな慎ちゃんの出身校だったからだ。

慎ちゃんと世利は年が十歳離れている。現在二十六歳の慎ちゃんは、アメリカでスポーツ医療の勉強をしながら働いている。

世利がはじめて慎ちゃんと会ったのはゼロ歳のとき、というほどの間柄だ。慎ちゃんは世利と同じマンションの向かいの部屋に住んでいたのだ。小さいころに母親がパートに勤めていた時期があって、世利はよく向かいの川原さん宅にあずけられていた。そして幼児期の多くの時間を、慎ちゃんの家である川原家ですごした。

年が離れているせいか、もともとの柔和な性格のせいなのか、慎ちゃんはいつも世利にやさしくて、小さいころはいじめっこから守ってくれたこともあった。いつしか慎ちゃんは、世利にとってヒーロー的な存在になっていた。

その慎ちゃんが、やがて国民的なヒーローになってしまったときには、心底おどろ

たこともないような、暗く落ちこんだ慎ちゃんの姿があった。

「ねえおばさん、慎ちゃん、どうしたの？」

「それが、ケガで代表をはずれることになったのよ。もうバレーは引退するって」

世利がたずねると、慎ちゃんのお母さんはため息をついて言った。

慎ちゃんはその年、オリンピックチームのレギュラーになるために懸命にがんばっていた。十七歳で全日本の代表に選ばれ、将来を嘱望されていながら、慎ちゃんはその後、たびたびのケガで代表をはずされることがあり、いまだ夢の舞台には立てていなかったのだ。

バレーを引退するということは、オリンピック選手になるという夢からもおりることを意味していた。

世利はいてもたってもいられない気持ちになった。

「慎ちゃん、バレーやめるの？」

ベッドに所在なげに横たわる慎ちゃんに、ストレートに聞いた。あとで考えると、夢を絶たれたばかりの人に残酷なことをした気がする。けれど慎ちゃんは、世利を部屋から追い出すでもなく、のそりと体を起こすと、

「うん、けっこう決定的なケガしちゃってさ。仕方ないね」

と、静かに笑ったのだ。

おかげで世利は、かえって慎ちゃんの悲しみの深さがわかってしまった。慎ちゃんが悲しんでいるのに、何もできない自分でいるのはいやだった。それで、

「あたしも、三葉高校に行ってバレーやるから。慎ちゃんのこと、あたしがオリンピックにつれていくから。だから、元気出して」

と、世利は宣言した。目に涙をためて。

慎ちゃんは困ったように笑うと、

「ありがとう、世利。でも、三葉はバレーの名門校だから、めちゃくちゃ厳しいんだ。

世利はもっと楽しんでバレーをやればいいよ」
と言って、世利の頭をくしゃくしゃとなでた。

2 失態

三葉高校に無事合格して、さっそくバレー部に入部した世利は、すぐに現実の厳しさを見せつけられることになった。

三葉高校のバレー部は、男女ともにインターハイの常連で、全国に名をとどろかす強豪校だ。当然、日本中から三葉バレー部にあこがれて生徒が集まった。それに、中学の大会での目立った活躍によってスカウトされて入学してくる、推薦組もいた。

地方大会も勝ちぬいたことのない中学出身の世利の実力では、そういった部員にはとうてい太刀打ちできない。けれど、世利はめげなかった。

もともと運動は嫌いじゃないし、負けず嫌いな性格にくわえて、バレーは慎ちゃんとの唯一の絆だという思いがあった。

だから、たとえスタートでは出遅れても、地道な練習を重ねて、いつかレギュラーポジションを獲得してやろうという心づもりでいた。

しかし、そうはいっても、三葉バレー部はポジションを争う部員数が多すぎる。新一年の部員だけでも五十人近くいて、部全体では百人を超える。そのうち、試合でベンチ入りできるのは多くても十四人だ。あまりにも部員数が多いので、部員は実力に応じて一軍から五軍までふり分けられた。

世利は当然のように、最下位の五軍からのスタートになった。

そして、入部して一週間、一年生全員が、先輩たちがサーブやスパイク練習でこぼしたボールをひたすらひろっていたときに、その事件はおきたのだった。

「彩香！　決めろー！」

「おっしゃー！」

勇ましい声が聞こえた、次の瞬間、

ボコッ!!

にぶい打撃音が体育館にひびいた。テーンテーンと、ボールがあめ色の床をはねながら転がっていく。

「うぐ……」

思わず低い声をもらしたのは、世利だった。

「きゃー、やばいやばい、出てる出てるー!」

だれかが叫んで、まわりにいたバレー部員がいっせいに世利を見た。ツツーと生温かいものが鼻の下を流れる感触がしたかと思うと、ぽたぽたと床に赤い点が打たれた。

そこではじめて、世利は自分の状況に気づいた。

「うひゃ~!」

ボールをひろうために中腰になっていた姿勢のまま、思わずすっとんきょうな高い声を出すと、注目していた部員たちが、いっせいに笑いくずれた。

「ウケる～！」

「なにそれ、コントかよ～」

「ジャストミートしすぎだし！　姿勢おもろっ！」

ゲラゲラと笑いながら、先輩たちが世利のまわりによってきた。マネージャーは笑いをかみ殺して濡れタオルを渡してくれる。

世利は、二年の柏木彩香の強烈なスパイクを、きれいに顔で受けてしまったのだ。中腰で足を広げて鼻血をたらしている姿があまりに漫画的で、部員たちにウケてしまった。

「ごめんなー」と柏木先輩はあやまってくれたけれど、ほかの先輩たちは笑いをあおるのをやめなかった。

「今年の一年は笑い取るのうまいわー」

「まあ、バレーは五軍だけど、お笑い担当は一軍で決まりだな」

「マジっすか～、お笑い一軍、光栄っす」

先輩のノリに合わせて、世利は鼻血をふきながらへらへらと笑ってみせた。

「鼻血ブーだから、あだ名はブー子で決定じゃないっすかあ。うらやましー。いきなりボケ役のレギュラーポジションゲットじゃん」

ひときわ大きい声でそう言ったのは、一年の矢吹奈央だった。

「はぁ？　ブー子？」

さすがにブー子はひどいと思い、世利は奈央をにらんだ。

けれど、

「すげえじゃん、ブー子、一年でいきなり一軍は今までないわー」

「期待のホープってやつか」

と、先輩たちがうなずきあい、みんなが笑ったので、つい世利は調子を合わせてさっきと同じ中腰の姿勢をとると、手を合わせてみせた。

「あだ名ゲット、あざーっす！」

はじけるような笑いが、体育館にひびいた。

3

先輩(せんぱい)の苦言

鼻血の一件以来、世利(せり)は一気に先輩(せんぱい)たちに名前を覚えてもらい、かわいがってもらえるようになった。けれど、

「おーい、ブー子」

「ブーちゃーん、これ片(かた)づけといてー」

などと声をかけられるたびに、世利(せり)の笑顔(えがお)はひきつった。ブー子というのは、あまり定着してほしいあだ名ではなかった。

それでも、話をふられるたびに、世利(せり)は例の中腰(ちゅうごし)のポーズをして見せて、先輩(せんぱい)たちの笑いを誘(さそ)った。生存(せいぞん)競争の厳(きび)しいバレー部では、先輩(せんぱい)に気に入られるのも重要なサバイバル術だと思ったからだ。

けれど、実力は五軍の底辺組であるうえに、いじられキャラを演じるというのは、これまで目立つポジションにばかりいた世利にとっては、おもしろくない状況だった。

そのせいだろうか、練習の合間や部室での着替え時間などに、世利はしきりに、慎ちゃんのことを話題に出した。

「あたしんちの向かいに住んでる川原慎っていう人さ、昔、この三葉のバレー部時代に全日本代表に選ばれてるんだよね」

「マジ!?　あの川原慎？　知ってる。小学生のころ、テレビで見てめっちゃ応援してたって！　ファインプレー連発のリベロだったよね」

「マジマジ。慎ちゃんに小さいころ、サーブとかレシーブとか教えてもらったんだよね、あたし」

「ちょっと、慎ちゃんとか言えちゃう仲なの？　うらやましー」

慎ちゃんについてさりげなく自慢することで、世利はささやかに不満を解消していたのかもしれない。けれど、そんな世利の話に、露骨にいやな顔を見せる人物がいた。一年の推薦組で、すぐに三軍までのし上がっていた、矢吹奈央だ。

「ブー子さあ、川原さんのことはあたしも知ってるけどさ、ここをどこだと思ってんの？　三葉だよ？　知り合いに活躍したバレー選手がいるとかいう話、めずらしくないし。そんな自慢げに話してると、先輩に目をつけられるよ？」

「は？」

世利は思わず眉をつり上げた。けど、とっさに言葉を飲みこんだ。

いつもの世利なら、嫌味を言うやつにはすぐにビシッとやり返しているところだ。でもここはバレー部で、五軍の自分は三軍の奈央より立場が弱いという思いが胸に浮かんだ。

「へえ、そうなんだ。矢吹さんにもすごい知り合いがいるんだあ」

しばらく口ごもったあとで、世利は苦しまぎれにそう言った。ぎりぎり嫌味に聞こえない言葉を選択したつもりだ。けれど奈央は、露骨に不愉快そうな顔をして口元をゆがめた。

「あたしにはいないけどさ、柏木先輩なんか全日本入りするかもって噂じゃん。っていうかさ、そもそも知り合いの自慢するより、自分の実力上げなー」

そう言うと、小さく舌打ちをして、奈央はその場を離れた。

このやりとり以来、奈央と世利のあいだは険悪になっていった。

奈央のクラスはスポーツ推薦で入学した生徒を集めた八組で、世利は一般クラスの一組だった。教室が離れていたので、ふだんはそう顔を合わせないけれど、体格のいい推薦組の生徒たちは、校内でもよく目立つ。

奈央は、身長は百七十センチ弱で、バレー部の中では小柄なものの、女子としては威圧感のある体格だ。髪もベリーショートで男っぽい印象が強く、男子にもてはやされるタイプではないけれど、女子のあいだではボス的な存在感を放っている。バレー部では一年推薦組のエリート選手をたばねる立場にあった。

一方の世利は、身長は百五十九センチ。髪はショートボブながら女っぽい華のある顔立ちで、昔からクラス内では目立つ存在になりやすく、男友だちも多かった。

奈央と世利は、タイプはちがうものの、どちらも勝ち気な気性だ。とはいえ、実力第一のバレー部では、奈央のほうが立場が上だった。鼻血事件のインパクトでようやく先輩たちに覚えてもらった世利とはちがい、中学時代に名リベロとして活躍した奈央は、入部前から先輩たちの注目も高かった。

奈央がトス練習やレシーブ練習をやらせてもらっているあいだも、五軍の世利はひたすらボールひろいをやらされる日々が続いた。

そしてある日、世利は再び失態をしでかしてしまった。

部室での着替え中、同じ五軍の子にせがまれて、また慎ちゃんのことを話したのだ。すると、「ちょっと、ブー子ぉ」と肩をたたかれた。ふり返るとそこには、二年と三年のレギュラーメンバーが数人立っていた。

世利はごくりとツバを飲んだ。レギュラーメンバーだけあって、先輩たちはのきなみ背が高い。百七十センチオーバーのメンツにかこまれると、かなりの威圧感があった。

「あんたさあ、川原さんがどうのってよく言ってるけどさ、それやめない？」

そう言ったのは柏木彩香先輩だった。強烈なスパイク力を持つ、三葉女子バレー部のスーパーエースだ。

「よ、よくなかったですか？」

世利は首をすくめ、上目づかいで先輩を見た。

「ブー子にとってよくないんじゃない？　知り合いの自慢より、まずは自分の実力上げなきゃね。練習おろそかにしてるって、ほかの一年から報告あったよ。あたしらレギュラーは一年全部を見られるわけじゃないしさ、自覚持ってやってくんないと」

世利の頭に、すぐに奈央の顔が浮かんだ。練習をおろそかにしてるなんて、世利には覚えのないことだ。でも奈央ならそんなふうに報告するのもうなずける。奈央は一年のトップとして、上級生への報告係になっているのだ。

「それに川原慎さんってさあ、期待はされたけど、ケガが多くてあんま活躍できなかったよねえ……。って、あれ？　そういや川原さんって、全日本初試合のとき、顔面レシーブしてなかった？」

柏木先輩の横で、三年の山田先輩が言った。「あったあったー！」と、ほかの先輩が手を打つ。

そのシーンなら世利も覚えている。相手チームの速攻をとっさに顔で受けた慎ちゃんは、鼻血を出したままワンラリーを乗り切ったのだ。慎ちゃんの気迫に、世利は感動したものだった。

「ブー子、いくら大好きな慎ちゃんだからって、鼻血までおそろいにすることないじゃーん」

山田先輩は笑いながら、小さい子にするように世利の頭をぐりぐりとなでまわした。百八十センチ近い先輩からは、世利は子どものように見えるのだろう。鼻血をネタにするのも、悪意があるわけではなく、場の緊張をなごませようとして言っているのかな、という気はした。

そうは思っても、世利はカチンときてしまった。自分のことなら我慢できても、慎ちゃんをネタにされると腹が立つ。

「でも、三葉の現役時代に全日本代表になった人はほかにいないじゃないですか」

つい、そう口にしていた。そして次の瞬間には、しまったと思った。さすがに五軍の一年が言うのは生意気すぎるだろう。けれど、遅かった。

「っていうかさあ、あんた柏木が全日本に選ばれるかもしれないの、知らないわけ?」

二年の一人が世利をにらんだ。柏木先輩は春高バレーで活躍し、世間からも注目を集めている。その柏木先輩が、苦々しい表情で言った。

「川原さんって、高校生で全日本に選ばれて話題になったけど、故障を繰り返して、結局オリンピックにも出られてないじゃん。なんか川原さんの名前聞くと、自分もそうならないかって、へんに気になっちゃってさ、悪いけど、ちょっと勘弁してほしいんだよね……」

世利はぐっと押し黙ってしまった。何か言い返したかったけれど、とっさに口にすべき言葉を見つけられない。

そのやりとりを、矢吹奈央は少し離れたところから、口角を上げて見ていた。

4　仮面の使い分け

スーパーエースの柏木彩香先輩に注意を受けてからというもの、矢吹奈央やそのとりまきの推薦組メンバーは、お墨つきをもらったかのように、さらに世利にきつく当たるようになった。

三葉バレー部の中ではへたな部類の世利をしごく方法は、いくらでもあった。ようやくレシーブ練習をやらせてもらえたと思ったら、妙な角度にボールを投げられる。それで何回も失敗したら、罰ゲームと称してボールみがきを一人でやらされた。

世利へのきつい態度が加速していった背景には、バレー部自体の厳しさも要因となっていた。多くのライバルを蹴落とさないといけない状況の中で、部員はみなしごきを受けている。そして、しごきにたえてきた二年や三年の中には、それでもレギュラーになれない部員がたくさんいる。

たとえレギュラーになれたとしても、後釜をねらう者はおおぜいいて、レギュラーたちは転落することを常に期待されている。他校のチームとだけでなく、部内のメンバーとも闘い続けないといけない状況に、部員たちはストレスをつのらせていた。

奈央たち一年の推薦組もまた、先輩たちから期待や嫉妬を多く受けるぶん、いっそう激しくしごかれていた。世利は、そんな奈央たちの息ぬきの道具となってしまったのかもしれない。

「ブー子ぉ、ぜんぜん腰入ってないぞー」

部活中、奈央たちからは、からかい半分の悪意のあるヤジが飛んだ。

「ブー子ぉ！　気合いだー！　顔面レシーブ！」

そして、悪気のない先輩も、場を盛り上げて発破をかけるつもりで、ブー子と呼びかける。しごきに負けたくない世利は、ついつい、

「はい！　ブー子、行きます！」

などと大きな声でこたえてしまうのだった。

クラスには、同じバレー部に所属する子はいない。そのことは世利にとって救いだった。バレー部では五軍でいじられキャラの世利も、おかげで、クラスでは小学生や中学生のころとかわらず、中心的な存在でいられた。

けれど、クラスで一目置かれる要因のひとつには、皮肉なことに、バレー部に所属しているからという理由もあった。

三葉高校は体育系の部活に力を入れている学校ではあったけれど、わけてもバレー部の強さは他を圧倒していたのだ。

中でも柏木彩香先輩は、高校バレー界最注目の選手だった。学内だけでなく全国にファンがいて、専門誌やテレビでアイドルのようにあつかわれたり、ネット上にファンページができたりするほどだ。

そんなふうに学校の内外から注目されているバレー部は、所属しているというだけで、その人物のステータスをはね上げる効果を持っていた。

「ねえねえ世利、柏木先輩ってさ、どんな感じなの？　やっぱ怖い？」

「ん～、まあ、そんなこともないよ。けっこう気さくかな。っていうか、わりとオタクかも。練習の合間とか、けっこうアニメの話とかするしさあ」

「えっ！　そうなんだ、意外！　ウケる～。でも柏木先輩、やっぱかっこいいよね～。ねえ、世利って先輩とけっこう仲いいの？」

「うーん、どうかな。まあ、かわいがられてるほうかな」

「え～、いいなあ、世利はすごいよね。スポーツはできるし、スターと仲いいなんてさ～」

世利と柏木先輩の仲は、よいはずがなかった。むしろ世利は、慎ちゃんのことをあんなふうに言ったうえに、自分の立場をおとしめた先輩のことを嫌っている。

でも、バレー部の話をすると、クラスの友だちには大ウケするのだ。特に人気選手の人柄や秘密にかかわることのリークは喜ばれた。そして、そういう話題でクラスメートを喜ばせることで、世利のステータスはますます上がる。

バレー部員のことをリークしても、世利の心は痛まない。部活でひどくいじられているので、これくらい利用したところで、たいした罪になるとも思っていなかった。

ただ、だんだんと疲れていくような気はした。

表面上は、クラスでは目立つグループにいるし、問題なく楽しくやっている。けれど、部活での自分のいじられキャラをクラスメートに知られたらと思うと、暗い気持ちになった。逆に部活のメンバーに対しては、クラスでバレー部の話をネタにしていることを知られたらまずいなと思っていた。後ろめたいことをかかえていると、かえってわざとらしい態度をとってしまうものなのか、世利は、クラスではやけにオーバーアクションに、快活にふるまった。

これまでの世利なら、気に入らないことがあれば、堂々と文句を言って解決してきた。けれど、バレー部の部員には実力ではかなわない。部活中はプレーでも情けない失敗を繰り返している。そのせいか、先輩たちのいじりをいやだなと思っても、つい調子を合わせてギャグを返してしまったりする。

立場が弱くなると、人はここまで何も言えなくなるものなのか。

ずっと強者の道を歩いてきた世利は、はじめて弱者の立場に置かれ、心の中に黒いヘドロのようなものがたまっていくのを、どうすればよいのかわからずにいた。

5　はけ口

奈央たちのいやがらせや先輩のいじりは不服だったけれど、根が勝ち気な世利には、バレー部をやめるという選択肢はなかった。

バレーは慎ちゃんと世利をつなげる唯一の絆であるし、手放すわけにはいかない。

その慎ちゃんは、スポーツ科学やスポーツ医療を学ぶために、アメリカに渡っていた。優秀な整体師に弟子入りし、働きながら勉強をがんばっている。ケガが原因で夢に破れた慎ちゃんは、ケガやその後遺症に苦しむ選手の役に立とうと、新しい道を歩き出したのだ。

遠い国でがんばる慎ちゃんのことを思うと、あんなふうにバカにされたままで部をやめるなんて、くやしくて世利にはできない。それにバレー自体はもともと大好きなのだし、なんとかいじられキャラを脱却してレギュラーになり、奈央たちも見返してやりたかった。

とはいえ、日々の二重の仮面生活は、世利の心を重くしていった。

「あーっ！　どこかに愚痴でもはいて、スッキリしたいっつーの！」

ある日、ベッドに寝転がっていた世利は、発作的にそう叫んだ。

「あっ、そうだ！　裏アカをつくればいいじゃん？」

ふと、そんな考えが口をついて出た。世利はジーンズのポケットからスマホを取り出すと、SNSの画面を開いた。そして、クラスメートやバンドの仲間とつながっているメインのアカウントとは別に、裏のアカウントをつくった。

裏アカウントには鍵をかけて、幼なじみのアミとのやりとり専用にした。

——アミ、高校どおよ？　なんかさー、こっちはいろいろムカツクことも多くてさー

——あー、わかるわかる。うちの学校もけっこういやなこといろいろあるよー。ガキ

なやつが多くてさ
――そうそう、ガキっぽいやつって、いちばん困るよね！

こうして世利は、ＳＮＳにほぼ毎日、先輩や奈央たちについての愚痴を書きまくることでストレスを発散した。

そして、ある日の夜、アミと二人でいつまでも止まらない愚痴合戦をやっていると、ブルブルとスマホが振動した。タッチパネルをスライドさせて画面を切りかえると、メールボックスに新着メールが届いていた。開いてみると、慎ちゃんからのメールだった。

「マジ!?　やった！」

世利は思わず背筋をのばした。久しぶりの慎ちゃんからのメールを、ウキウキした気持ちで開く。

世利(せり)へ
元気にしてるか？　部活はがんばれてるか？

確か夏をすぎると、秋の地区大会に向けてのしごきにたえかねて、大量に新入部員がやめるんだよな（笑）

オレは三葉(さんよう)では四軍スタートだったんだ。推薦(すいせん)で入ってきたやつらがエリート集団でさ、そいつらからしごかれてきつかったよ。そのせいで、かえって負けてられるかとふんばれたのは、まあよかったかもしれないけど。

今は知識と技術を身につけて、これからの選手を育てる側にまわりたいと思ってがんばってるよ。

世利(せり)もがんばれよ。でも、無理はすんなよ。

じゃあまた。元気でな。

川原慎(かわはらしん)

メールを読んで、世利は泣きそうになった。

慎ちゃんのがんばっているようすや、世利を気づかってくれていることが伝わってきて、うれしかった。

それに、あの慎ちゃんですら、四軍からのスタートだったのかと思うと、勇気づけられた。

やっぱり、今の状態でバレー部をやめるわけにはいかない。なんとかレギュラーになって、試合にも出て、慎ちゃんに「がんばったよ」と言えるようになりたい。

世利は、その日はＳＮＳに愚痴を書くのはやめてスマホの電源を切った。そして、バレーの教本を読んだり、ベースの練習をしたり、音楽を聴いたりと、久しぶりにリラックスした時間をすごした。

6 文化祭のあと

慎ちゃんのメールにあった通り、夏をすぎると先輩からのしごきはますますきつくなった。そのせいで、五十人近くいた一年生は半分にまで減っていた。四軍や三軍からも脱落者が出たし、五軍にいたっては、世利を除く全員がやめてしまっていた。

しごきを受けても、世利は持ち前のガッツでめげなかったけれど、先輩たちのしごきがきつくなるほどに、奈央たちの当てつけも強くなっていった。

「最後の五軍のブー子が、いつ音を上げるかさ〜、賭けしない？」

部室で着替えていると、奈央が大声でそんなことを言った。奈央のとりまきが、ぎゃははと笑い、いいねーとはやしたてる。

奈央は暗に、「早くやめろ」と世利にプレッシャーをかけているのだ。

でも世利は、それを無視してさっさと着替えをすませ、部室を出ていった。

いまいましげな目で、奈央は世利の背中を見る。

「ブー子のやつ、ほんと最近、調子のっててムカつく」

「五軍のくせに、うちら無視するとかありえねー。なにさま？」

そんなふうに世利をバカにする奈央だったけれど、内心では、どんなにいじめてもくらいついてくる世利のガッツに不安を感じだしていたのだ。

世利は厳しい夏合宿を乗り越えたあたりから、サーブカットが明らかにうまくなってきている。このあいだは、

「おい、ブー子！　ほらっ、顔面レシーブ！」

と、ふざけた柏木先輩から不意打ちでスパイクをくらわされたのに、むずかしい体勢からきれいにひろっていた。さすがに柏木先輩もびっくりして、「けっこうやるようになったじゃん」と笑顔を見せた。

スパイクレシーブは、なんといってもリベロの見せ場だ。中学時代、奈央はずっとリベロで、高校でも当然、リベロのポジションをねらっている。もしもこのまま世利が上達していくと、やがてポジションを争うことになるかもしれない。

（顔面レシーブのブー子に負けるなんて、シャレになんない……）

奈央は自分では気づいていなかったけれど、世利の成長を恐れていた。だから、どうにかして世利をコート練習に加わらせないようにした。

「コートは三軍以上が使うから、一年の四軍以下はボールひろいとランニング組に分かれて～」

全体練習が終わったあとの自主練タイムでは、奈央が一年部員をとりまとめた。そして奈央は、五軍の世利をコート練習に加えないようにメニューを組んだ。

この奈央のやり口が、世利にはもっともこたえた。

いじられたり、しごきを受けたりすることにはたえられる。でも、練習時間をうばわれ、プレーさせてもらえないのはつらい。それではがんばりようがないからだ。
そして、文化祭が終わったあとに、決定的なふたつの事件がおきた。

世利は文化祭に向けてひそかに仲間とバンド練習を続けていた。練習はバレー部の活動が終わったあとや、休みの日におこなわれた。体力的にはきつかったけれど、気の合う連中とのバンド活動は、世利にとってはいいストレス解消にもなっていて、バレー部をがんばるための原動力でもあった。

文化祭の当日、ステージでは、条が勧誘してきたボーカルの春山凜の歌声が体育館全体をふるわせ、観客はもちろん、演奏しているメンバーさえも圧倒された。文化祭は大成功のうちに終わり、世利たちのバンドは、一日にして学校中に知れ渡った。
――ジョーくんかっこよかったよね。大元くんのテクニックもすごいし、みんなを支えてるって感じ。あのバンド、プロになれるレベルだよ

――ボーカルの春山さんもさ、クラスでは超おとなしいのに、あんな特技があったなんてビックリだよ。惚れちゃいそう

同級生たちがつながったＳＮＳでは、文化祭後の数日は、世利たちのバンドの話題であふれていた。

――セリッチも最高だったよー。さすがクラスの人気者。華があるっていうか。ほかのクラスの子に、あの子、友だちなんだって自慢しちゃったよー

――マジかー。照れますなー

――うん。あの厳しいバレー部でがんばってるのにさー、ベースもあんな弾けるまで練習してたなんて、マジ尊敬するよ

――うわ、なんかそう言ってもらえて救われたわー。サンキュ！

世利はＳＮＳ上でも人気者になった。

クラスメートと世利のそんなやりとりを、眉をひそめて追う者がいた。矢吹奈央を

中心とする、バレー部一年の推薦組だ。
――あのベース、そんなよかったたか？　なんかバンドの中でベースだけ微妙だった気がするんだけど。しかも部活、そんながんばってねーし
矢吹奈央は、だれに向けてというでもなく、そんなつぶやきを投稿した。

7
爆弾投下

最初の爆弾が投下されたのは、文化祭が終わって五日後のことだった。

祭りの熱狂も一段落したところへ、ＳＮＳで、世利へのリプライとして妙な書きこみがひとつ投稿されたのだ。

――クラスの人気者？　へ～、こっちじゃ鼻血ブー子ですけど

そう書かれた投稿には、画像が添付されていた。

顔は上を向いていて写っていないものの、三葉バレー部一年のジャージを着た女子であることがわかる。足を広げて中腰になり、鼻に白いティッシュが詰めこまれている。その女子のまわりには、笑いながら腕を組んで見ている上級生たちの姿が写っていた。

この投稿に最初に気づいたのは、世利のクラスメートだった。

夕食後、世利は部屋でマンガを読んでいた。すると、ブルブルとスマホが鳴った。同じクラスの西原美和からのメールだ。美和とは、それほど親しい間柄というわけでもないので、世利はどうしたんだろうと首をかしげた。

――SNSで有本さんの書きこみ見たら、へんな投稿がひもづけされててさ。なんか
　気になったから、一応連絡しとくね

メールを見て、世利はすぐに自分のアカウントを調べた。すると、知らないアカウントからのリプライが、確かに出てきた。

それを見た瞬間、世利は全身の血がさっと引いていくのを感じた。

写真に写っているのは、自分だ。まちがいない。先輩たちに芸をしろと言われて、例の顔面レシーブのポーズをやったときのものだ。鼻に詰めものまでして、かなり笑いはとれた。でも……。

「まさか、写真を撮られてたなんて……」

かすれた声がもれた。

そういえば、この芸をやることになったのは、奈央たちが先輩をたきつけたからだった。なんとなくいやな空気を感じたけれど、先輩に言われてことわれなくて、仕方なくやったのだ。

（最初から、この写真を撮るのが目的だったんだ……）

スマホを持つ手がふるえた。怒りとあせりが同時にやってきて、頭の中が真っ白になる。

この投稿に、どう対応すればいいかわからなかった。正体不明の匿名アカウントとはいえ、犯人はわかりきっていた。けれど、ここでさわぎたてたら、追加で何を投稿されるかわかったものじゃない。

必死に呼吸を落ち着けて、世利はひとまずメールをくれた美和に、ふるえる指で文字を打ち、返信をした。

――ああ、これね、ゲームなんだ。先輩と遊んでてさ。おもしろい写真を撮ってSNSに投稿して、だれがいちばんウケるか競うの。うちの部、笑いにもスポ根だし、まいるよー

苦しまぎれの言いわけだったけれど、美和からは、

――そうなんだ。渾身のギャグ？　大変だね～

と返信があった。

8　誤爆

もうひとつの爆弾が投下されたのは、翌日の朝だった。

奈央たちのさらし投稿を見て、頭の中が真っ白になってしまった世利だが、落ち着いてくると、怒りがとめどなくわいてきた。

はじめは、怒りにまかせて、投稿された書きこみに何か言い返そうかと思った。でもさすがにそれをすると、匿名アカウントから鼻血ブー子のあだ名の由来をバラされるかもしれない。そうなると、クラスでの世利のイメージがくずれてしまう。

通学電車に乗りこんだ世利は、スマホを取り出し、ＳＮＳの裏アカウントの投稿画面を表示した。そして、例の投稿のスクリーンショット画像を添付して書きこむ。

――最低じゃない？　匿名アカウント使って書きこむとか、ひきょうすぎるよ。この写真を勝手に貼りつけてたんだよ。ほんと信じられない！　顔写ってんのに！

そう書いて送信ボタンを押すと、すぐにアミからリプライがあった。どうやらアミも、通学電車の中で退屈していたらしい。

――うわー、マジ？　そんなことあったんだ。それちょっと悪質すぎるわー。どうにかしてそいつら、退治できたらいいのにね

アミからの同意を得て、ようやく世利の気分は少しだけスッキリした。

でも、まだまだ心の中には怒りが渦巻いていた。いったん表アカウントのほうをチェックしてみる。昨日の匿名投稿はまだ削除されていない。自分では削除しようがなく、イライラがつのる。

――っていうかさ、この投稿した犯人の矢吹奈央ってやつ、背がでかくてさ、バレー部だからそれはいいんだけど、短髪で眉毛ボッサボサなの。まあ、山男って感じ。あれ、男にモテたこと皆無だと思う。なんかさあ、最近、あたしプレーも上達し

てきたし、全般的に嫉妬してんだろうなって感じ！

投稿スペースにそう書き、送信ボタンを押したところで電車が駅に着いた。世利はいったんスマホをポケットにしまい、ホームに降りた。改札口まで、ラッシュの人波に流されながら歩いていく。

改札を出てひと息つくと、世利はまたポケットからスマホを取り出した。

「おーっす、世利」

ふいに呼びかけられてふり向くと、バンド仲間の深見条が改札から出てきたところだった。

「ああ、おはよう、ジョー」

世利は条に手を振った。二人は学校までの道を、音楽の話をしながら歩いた。

（そういえば……）

条とならんで歩きながら、世利はふと、文化祭前のバンド練習のときのことを思い出した。

バンド内でいざこざがあったときに、クールジェントルな条から、じつは手芸好きのオトメンだったという暴露話を聞いたのだ。そのとき条は、「だれにだって、人に言えない秘密のひとつやふたつはあるもんじゃないか？　いろんなキャラクターを演じ分けることで、自分を守ったり、自分の傷を癒やそうとすることだってあるだろう」と言っていた。

世利は、自分も条が言ったように、キャラクターを演じ分けている一人なんだと思った。

ただ、条のオトメンキャラについては、むしろそのギャップがいいと思ったけれど、姉御肌のベーシストである自分のもうひとつのキャラが、いじられ役の「鼻血ブー子」であるというのは、絶対に知られたくない。

「おはよー」

条とならんで、世利はいつものようにオーバーアクションで手をあげながら教室に入った。

すると、教室内のざわめきが、一瞬、不自然にぴたりとやんだ。

なんだろう？　と世利は首をかしげる。すぐに、同じグループの片岡百合が、世利のもとにかけよってきた。

「ちょっとセリッチ、あんた、めっちゃ炎上してるんだけど！」

百合の声音には、とがめるような調子がふくまれていた。

さっと世利の胸にいやな予感がよぎる。炎上？　どういうこと？

「まさか……」

ポケットからスマホを取り出し、おそるおそるSNSを立ち上げる。すると、百通近いリプライがきているのが目に飛びこんできた。

「ひっ」

と、世利は声をひきつらせた。ふるえる手で画面をスライドさせて確認する。

（しまった……）

誤爆だ――。

やってしまっていた。さっきの投稿が、表アカウントのほうに反映されている。アカウント画面の切りかえをし忘れていたのだ。

矢吹奈央の実名入りの悪口の投稿は、クラスの内外の生徒や、まったく知らない人にまで拡散されていた。たぶん、女子高生がまちがって同級生の悪口を投稿したということをわかっていて、愉快犯的に拡散している者もいるだろう。

「なんだ、どうした？」

条がとぼけた声を出してスマホをのぞきこんできた。世利はあわてて誤爆投稿を削除したけれど、すでに手遅れだった。世利へのリプライには、バレー部員のアカウントからの文句もあった。

――スクショ撮って保存したし。あんた、最低の人間だね？

そんなメッセージもあった。

世利は呆然と立ちつくした。

9　バトル

「有本、来てるんだろうなあ!!」

いきなり、ドスのきいた大きな声が教室にひびき渡った。

クラス中の視線が、教室の入口にそそがれる。そこには背の高い女子が数人立っていた。中央には矢吹奈央がいる。どすどすと地ひびきでも立ちそうな勢いで、女子バレー部一年の推薦組が、世利のクラスに乗りこんできた。

「おいブー子、あの投稿なんだよ！」

身長百八十センチ近いバレー部員たちに乗りこまれて、世利のクラスメートたちも後ずさりした。

「な、なんだよ、どうしたってんだよ。まあ、そうアツくなんなよ」

事情のわからない条が、奈央の肩に触れてなだめようとした。けれど奈央は条の手をふりはらい、すばやく世利の手からスマホをうばいとった。

「あっ！」

世利は手をのばしたけれど、ほかのバレー部員たちが壁をつくって世利をはじいた。奈央は画面を世利に見せながらスマホを操作した。ＳＮＳを立ち上げると、アカウントを切りかえた。

画面には、世利の裏アカウントが白々とさらされた。フォロー数は一人のみの鍵つきアカウントで、プロフィール欄にはひとこと、「愚痴アカウント」とだけ書かれていた。

「なんだこれ？　愚痴アカウントだあ？　ブー子、おまえこんなのつくって、バレー部でさえない自分をなぐさめてたのか？」

奈央が言うと、

「うっわ、ださー、サイテーだな」

にやにやとバレー部員たちは笑った。

奈央は、もはや投稿に書かれた自分への悪口など、どうでもよくなっていた。今はただ、世利を部活から追い出す方法を見つけたことと、世利の暗部がさらされたことに興奮して、おもしろがっているだけだった。

「ちょっと奈央、いくつか読み上げてやったら？」

バレー部員の一人が言った。奈央は画面をスライドさせながら、世利の愚痴投稿をいくつか読み上げた。内容はバレー部員の悪口のオンパレードだった。いくらでも出てくる。毎日愚痴をはき出していたのだから当たり前だ。

「えー、マジ？　なんかショック。世利ちゃんってそんな子だったの……」

「サバサバ系だと思ってたのに、びっくり」

「ねえ、あたしらのことも、なんか書いてあんじゃないの？」

同じクラスの女子からも非難の声が聞こえてきた。

「あ……う……」

世利は、何か言おうとした。SNSに悪口を書いたのは確かにいけないことだ。でも、それを書くにいたる経緯というものがあるのだ。

体はふるえていたけれど、どうにかしゃべろうと口を開いた。でもそのとき、

「世利、あれ、本当におまえが書いたのか？」

と、条が問いかけるような目で見つめてきた。

ショックだった。そのせいで、世利は口ごもってしまった。

同じ隠しキャラといっても、オトメンの条と、悪口を書き立てていた自分とではレベルがちがう。条は自分のことを軽蔑したかもしれない。部活での立場だけでなく、クラスでの地位も、バンド仲間との絆も、一気にすべてがくずれていく気がした。

気の強い世利は、めったなことでは泣いたりしない。バレー部でどんなにきついしごきを受けても涙は見せなかった。なのに今、クラスやバンドの仲間に愛想をつかさ

れたと思うと、絶望的な気分になり、目にぐっとせり上がってくるものをおさえられなくなった。

いっそ、この場に泣きくずれようか。そして、あやまって許してもらおうか。

そう思ったときだ。

「ねえ、ちょっと待って。あたし、有本さんのところにへんなコメントが投稿されてるの見たんだけど」

背後から声がした。ふり返ると、そこには西原美和が立っていた。いつの間にか世利のまわりには人だかりができていて、その中にはバンド仲間の春山凜や原大元の姿もあった。二人とも、心配そうな表情で世利を見ている。

「あっ、消されてる……」と、美和は言った。

「でもあたし、その投稿のスクショ撮っておいたんだ。すぐに有本さんにも連絡したんだけど」

美和はスマホの画面を奈央たちに向けると、険しい表情をした。

「これ、バレー部での写真じゃない？　こういう写真をネットにのせるのも、ひどくない？　ねえ、有本さん、愚痴アカウントをつくらなきゃいけないような理由が何かあったんじゃないの？」

美和の話を聞いて、条がとっさに奈央から世利のスマホをうばいとった。美和の乱入で油断していたのか、奈央は簡単にスマホをうばわれた。

「なになに、ちょ～っと失礼～」

そう言うと、条はいくつかの世利の書きこみを読み上げた。そこには、奈央たちがわざと世利にギャグをやるようにしむけたこと。さらに、それを勝手に写真に撮って、許可もなくＳＮＳにアップしたことが書かれていた。

「おいおい、これ読んだら、どうもおまえらのほうが先にひどいことやってんじゃねえのって感じなんだけど」

条はさらにほかの投稿も読み上げた。

そこには、バレー部でのいじられキャラについての愚痴に加え、奈央たちから受けた仕打ちについても、詳細に書かれていた。

マネージャーの仕事まで押しつけられたことや、背後からサーブを打たれ、ボールをぶつけられたことも書いてあった。

そして、何よりつらいのは、練習時間をうばわれることだと書かれていた。世利にはやる気は十分あるのに、わざとボールにさわれないようなメニューを組まれる。練習させないようにしておきながら、失敗するとからかう。奈央たちがからかうせいで、先輩たちのあいだでも、ますます世利のいじられキャラは定着していった。

練習できないことがいちばんつらいと、何度も書かれていた。自分は練習をしたい。練習さえすれば、うまくなれるはずなのにと。

「……だから、あきらめたくないんだよね」

そう言って、条が代弁して世利の言葉を読み終えたときには、教室内の空気は、さっきと形勢がかわっていた。

「そういえば、バレー部やめた子から、推薦組がコート占領してたって聞いたー」

「女バレって陰険なのなー。スポーツマン精神のかけらもねーじゃん」

世利に同情し、加勢する声が聞こえてきた。

少しだけ、世利は顔を上げた。出そうだった涙は、いつの間にか引っこんでいた。

隣に立っていた美和が世利の肩に手を置いて言った。

「中学のとき、ＳＮＳを使ったいじめがあったんだ。やり方が陰険でさ、気持ち悪かった。あたし、本当はやめようって言いたかった。でも、怖くて言えなくて……。そしたらある子が言ってくれたのよ。こんなのやめよう、異常だって。でも、すると今度は、その子が標的になっちゃって……」

そこで、美和は春山凜のほうを見た。美和と凜は、中学三年のときに同じクラスだったのだ。そこで凜の身におきたことを、美和はよく知っている。

「あたし、そのときのこと、ずっと後悔してたんだ。だから有本さんのところにきた投稿を見たとき、ピンときた。これは何かおかしいって」

美和の口もとはふるえている。最大限の勇気をふりしぼっているのだ。

「ねえ有本さん、言いたいことがあるなら、絶対に言ったほうがいいよ」

世利は顔を上げて美和を見た。条や凜や大元や、クラスの友人たちを見た。

「サンキュー、西原さん。もう大丈夫」

そう言うと、世利はにこっと笑って、背筋をのばした。それから深呼吸をすると、いつもの調子の大きな声で言った。

「矢吹奈央、いい？　聞いて。あたしは、あんたに何されてもバレー部はやめないし、いじられキャラのままじゃ終わらないから！」

言ってしまうと、胸のつかえがすーっと取れていった。本来の自分がもどってくるような感じがした。

「あたしはプレーの腕を上げたいの。だから、まともに練習をさせてほしい。あんたもスポーツマンなら、実力で勝負すりゃいいでしょ！」

さっきまでの威勢のよさはどこへいったのか、矢吹奈央はすっかり顔色を失っていた。自分の姑息さを指摘され、ようやくわれに返ったのだ。確かに、スポーツを愛する者らしからぬやり方をしてきた……。

「ねえ矢吹さん、あんたさ、十分に実力のあるリベロじゃん。今んとこ、一年から三年まで合わせても、あんたのプレーは飛びぬけてるわよ。あたしを蹴落とそうとしなくてもさ、レギュラー入り確実じゃんって思う。あたし、まともにやってあんたに勝てるとは思えないよ。でもね、だからこそ、あんたとガチンコでポジション争いをしたいのよ。せっかく三葉バレー部に入ったんだもん。強い相手と勝負したいじゃん」

そう宣言した世利の顔は晴れ晴れとしていた。へらへら笑ってギャグをやり、先輩たちにいじられていたブー子とはちがう自分として、ようやくバレー部員と向きあえたのだ。

「レギュラー確実……ねえ」

そうつぶやくと、奈央はくくっと笑いをもらした。

世利の言葉を聞きながら、奈央も自分について思い返していた。いったい自分は、何をあんなにあせっていたのだろう。そうだ、世利の言う通り、自分はまちがいなく不動のトッププレイヤーだ。それなのに、なぜもっと堂々と勝負をしなかったのか。

世利に正式に挑戦状を叩きつけられたことで、奈央は自分がどこかスッキリとした気分になっていることに気がついた。

「わかったよ。こっちも本気出すし。絶対リベロはあたしだし」

そう言うと、奈央はふんっと鼻を鳴らした。

もはや、奈央の心の中にあった得体の知れない不安の霧は、すっかり消えさっていた。

10 エピローグ

　バンッと、背後で何かを打ちつける音がした。

　世利はとっさにふり返った。そして向かってくる白い球体を、しなやかにそらした手首で受け止め、はね返した。

「おお～、有本やるじゃーん」

　はじかれたボールの向こうで、柏木彩香先輩が笑って立っていた。

「ちょっとさ、話があんだけど、体育館裏につきあわない？」

「え？　あたしですか？」

　スーパーエースにそう言われ、にわかに世利は緊張した。

「ドリンクおごるし」

「は、はい！」と言って頭を下げると、世利は柏木先輩のあとに従った。

体育館裏の自販機でスポーツドリンクを二本買うと、柏木先輩は一本を世利に投げ、そばのベンチに腰をおろした。

「あんたさ、本当はけっこうポテンシャルあるんだよね。二年になったら、すぐに二軍くらいいくと思うよ」

ドリンクをたちまち半分も飲んでしまうと、柏木先輩はおもむろにそう言った。

「でもさ、うちの部って強豪校で伝統あるし、部員も多いしさ。そういうとこって、なんだかんだと上下関係ができたり、嫉妬も渦巻くしさ、まあ、ややこしいことといろいろあんじゃん？」

「え、ええ……」

戸惑いながらも、世利は先輩の前につっ立っていた。

「あたしもさ、一年のころはさんざんしごかれたんだ～。失敗してバカにされたこともいっぱいあったしね」

「えっ！　柏木先輩がですか⁉」

「そうだよ。鼻血なんか、あたし何回も出してるからね。あれ、わざと顔をねらうんだよね。洗礼ってやつ？　見こみありそうなやつに、超速スパイクぶつけてみるんだ」

おどろいて、世利は思わず目を丸くする。

「でも、有本はしごきも切りぬけられたね。よかったよ。あんた根性あるしさ、このままいったら、矢吹とけっこういい勝負になると思うよ」

「あ、ありがとうございます！」

先輩の言葉がすなおにうれしくて、世利は笑顔になった。ようやくペットボトルのキャップをひねり、ドリンクを口にふくむ。

「あ、それとさ、川原慎さんのこと、悪かったなと思って。あやまりたかったんだよ。

ごめんな、あのときは選抜前で、あたしもナーバスになっててさ」

「えっ!?」

慎ちゃんの名前が飛び出して、世利はまたもおどろき、つい飲んでいたものをふき出しそうになった。

「ははっ、ごめんごめん。あのさ、あたし全日本に選ばれたじゃん？　そしたらさ、チームの先輩たちが川原さんにすっげえ世話になっててさ。ケガのこととか、体のメンテナンスにかかわること全般、めちゃくちゃ親身に教えてくれるって。全日本の選手のあいだじゃ、川原さんは守護神って呼ばれてるよ」

「そ、そうなんですか。守護神ってそれ、まさにリベロですね」

びっくりした。そして、とてもうれしくなった。慎ちゃんは自慢話なんていっさいしないから、全日本の選手たちのあいだでそれほど信頼されているなんて知らなかった。

やっぱり慎ちゃんはすごい。少しでも近づきたい。

世利はそう思った。

「なあ、有本」

柏木先輩はおもむろにベンチから立ち上がり、ペットボトルの残りを豪快に飲みほした。そして、

「スポーツってさ、やっぱり、高みに行ったからこそ見える世界ってのがあるんだよ。途中で負けて、引き下がったんじゃ見られない世界がある。あたしはそれを見極めたくて、バレーをやってる気がしてるんだ」

と言った。

柏木先輩は空になったボトルをてのひらで打ち上げた。ボトルは日の光を受けてかがやきながら飛んでいき、すとんときれいにゴミ箱に入った。

それから先輩はふり返ってにかっと笑った。思わず世利も笑い返す。

「ま、バレーボール、がんばろうぜ～」

くるりと背を向け、柏木先輩は歩き出した。

「は、はい！」

世利は、ひときわ大きな声でこたえた。

それから、ドリンクを飲みほし、先輩と同じようにボトルを打ち上げてゴミ箱に入れると、体育館に向けて走りだした。

解説

心理学者　晴香葉子

◎悪口は嫌い。でも言いたい、確認したい……

　悪口は嫌いだと考えている多くの人も、悪口や評判の情報が入ってくると、つい確認したくなってしまいます。このような機能は、人間の進化の歴史からみれば、比較的新しく備わったものだと考えられています。脳にブローカ野（運動性言語中枢）ができ、言葉が話せるようになると、言葉を使って頭の中でも考え事ができるようになりました。「あそこは危険だ」「こうすると危ない」といった情報を仲間とやり取りし、危険を回避できるようになったのです。自分が経験したことのない危険からも、身を守ることができるようになりました。

　現代人にも、そのような機能は受けつがれています。わたしたちは、言葉を使い、実際に体験しなくても、注意すべき情報を敏感に察知し、自分の安全を守るためにいかしています。「こうすると嫌われてしまう」という注意すべき情報がつまった悪口は気になってしまいますし、自分のいやな体験も、悪口としてだれかに伝えたくなってしまいます。

◎悪い評判を立てることで、足を引っ張る

農耕生活が始まり、より組織的な共同生活を始めた人間は、自分の所属する集団の中で、社会のルールからはずれた人のおこないについては、〝悪い評判をたてる〟という方法で圧力をかけ、その人のおこないを正すようになりました。そのころから、自分の所属するグループでのみんなの考えから大きくはずれないことが、そこで生き抜いていくためのひとつの大きなポイントになりました。

現代でも、気に入らない人、自分にとって都合の悪い人がいると、「悪い評判を立てる」という方法で、グループ内にいづらくさせたり、足を引っ張ったりする行動が見られます。

◎ネガティブな衝動にかられたら目線を上げる

部活動など、勝ち負けのあるせまい世界では、どうしても競争心が身近な相手に向きがちです。気に入らないと思えば、悪口を言い、悪い噂を広める。確かに、相手の足を引っ張れば、自分が上に立つこともできます。けれど、そのような方法では、自分の実力は上がりませんし、グループ全体のレベルも上がりません。足を引っ張ることに使ったエネルギーのぶんだけ、時間と労力のロスにもなります。

　負けたくないという気持ちからネガティブな衝動にかられたら、目線を上げて、そのエネルギーを広く遠くへ放ってみてください。自分の実力を高めることが、自分の幸せやグループのレベル向上につながることがわかるでしょう。

あとがき

NHK「オトナヘノベル」番組制作統括　小野洋子

番組で特に人気のあったテーマが「キャラ変」です。「しっかり者キャラだから、甘えられない」「いじられキャラだけれど、本当はいじられるのがツライ」など、学校でのキャラと、本当の自分・なりたい自分とのギャップに悩む人がたくさんいました。キャラって、一度定着すると変えるのが難しいもの。番組スタッフも「キャラ変」の方法を取材するのに苦労しました。でもあるとき、番組ゲストが発した「変えなきゃ……という思いにとらわれすぎてない？」という一言に、はっとしました。確かに、友だちの前と親の前での顔がちょっと違うように、人にはいろんな側面がありま す。「ギャップ萌え」という言葉がありますが、さまざまな面があるから人はおもしろいし魅力的なのだと思います。だから、変えるのではなく、「わたしにはこんな一面もあるんだよ」くらいの気持ちで、友だちに違うあなたを見せることから始めたらどうでしょう。どうか勇気と自信をもって。キャラという言葉に振り回されず、楽しい毎日をすごしてください。

この本の物語は体験談をもとに作成したフィクションです。登場する人物名、団体名、商品名などは、一部を除き架空のものです。

〈放送タイトル・番組制作スタッフ〉

「カッコつけて失敗あるある！」（2017年2月23日放送）
「キャラ？ 本当の自分？」（2015年11月19日放送）
「そのキャラ つらくない？」（2015年11月26日放送）
プロデューサー……伊藤博克（トラストクリエイション）
ディレクター………石川雅敏、増田晋也（トラストクリエイション）

制作統括……………小野洋子、錦織直人、星野真澄

小説編集……………小杉早苗、青木智子

編集協力　ワン・ステップ
デザイン　グラフィオ

NHKオトナヘノベル　仮面シンドローム

初版発行　2018年3月
第4刷発行　2019年4月

編　者　NHK「オトナヘノベル」制作班
著　者　長江優子、陣崎草子
装　画　げみ

発行所　株式会社 金の星社
〒111-0056　東京都台東区小島1-4-3
電話　03-3861-1861（代表）
FAX　03-3861-1507
振替　00100-0-64678
ホームページ　http://www.kinnohoshi.co.jp

印　刷　株式会社 廣済堂
製　本　牧製本印刷 株式会社

NDC913　232p.　19.4cm　ISBN978-4-323-06218-1